LE SAVOIR-VIVRE EFFICACE ET MODERNE

Du même auteur aux Éditions J'ai lu

L'amour dans la vie des gens (7479)

SOPHIE

Fontanel

ILLUSTRATIONS DE MARIE PERRON

LE SAVOIR-VIVRE EFFICACE ET MODERNE

J'AI LU

Ce livre est dédié à celui sans qui la bonne éducation ne serait que pipi de canari : Ivan Rioufol.

Un grand merci aussi à ceux qui se sont laissé observer :

Philippe Arnaud, Jean-Louis Azizollah, Charles-Édouard Barthes, Éric Bauer, Jacques Bertoin, Leonello Brandolini, Simon Burstein, Jean-Pierre Cassel, Giovanni Pietro Cremonini, Michel Cantal Dupart, Gilles de Chabaneix, Kalil Chahine, Guillaume Chaillet, Albert Coessery, Bernard Condominas,
Dominique Dalcan, Éric Empetaz, Marc Fontanel, Christian Gay, Olivier Glaas, Fabio Grassi, Pierre Jaccaud, Marc Levy, Raymond Levy, Jacques Lucan, David Mangin, Didier Melchior, Marc Menesguem, Rodophe Menudier, Hector Obalk, Pere Panelis, Pierre Perron, Patrick Poivre d'Arvor, Michel Rebichon, Pierre Rioufol, Yves Rouart, André Rousselet, Paolo Roversi, Arthur Sadoun, David Servan-Schreiber, Édouard Servan-Schreiber, François Simon, Alain et Arnaud Solanet, Marc Solal, Alain Souchon, François Stefanaggi, Frédéric Taddei, Mohamed Ulad Mohand, Étienne Vauchez, Louis Velle, Gérard Walter.

Avertissement

Avant de commencer la lecture de cet ouvrage, tout nouveau venu doit savoir :

- Que les deux auteurs du *Savoir-vivre efficace et moderne* ne se sont pas fichues du monde.
- Que les deux auteurs du *Savoir-vivre efficace et moderne* ont écrit un livre gai, passionnant, sur un sujet sérieux et roboratif.
- Qu'elles ont bien du mérite.
- Qu'elles ont cherché ici la façon la plus élégante de donner des conseils.
- Qu'elles voulaient que ce soit efficace (qu'on le retienne).
- Qu'elles voulaient que ce soit moderne (qu'on ait envie de le retenir).
- Que si c'était si facile, d'autres l'auraient fait avant elles.
- Qu'elles n'ont aucun mépris pour ceux à qui on n'a pas inculqué les règles du savoir-vivre.
- Que juste, ça les énerve.
- Qu'elles comptent bien inculquer de bonnes bases aux plus irréductibles, au moyen de cet ouvrage.
- Que ça prendra le temps que ça prendra.
- Que ça commence maintenant.
- Que regarde-moi quand je te parle.

• Que tu me parles sur un autre ton.

• Que sans savoir-vivre, c'est la jungle.

• Que si c'est la jungle, on retourne à la loi de la jungle.

• Que la loi de la jungle, c'est rester en vie plutôt que savoir vivre.

• Que c'est comme ça.

• Que merde, quoi.

• Qu'on a donc tous besoin d'être éduqués.

• Que tout conseil divulgué ici n'est pas à prendre comme un ordre, mais plutôt comme une vérité sympathique.

• Que tout conseil divulgué ici ne doit pas être mal pris.

• Que ce n'est pas parce qu'on dit à quelqu'un « Lis ça » en lui tendant *Le Savoir-vivre efficace et moderne* qu'on est forcément en train de lui dire qu'il est mal élevé.

• Que ce n'est pas parce qu'on dit à quelqu'un « Tu as lu *Le Savoir-vivre efficace et moderne* ? » qu'on est forcément en train de critiquer sa façon de se tenir.

• Que, de toute manière, il fallait bien que quelqu'un le dise.

• Que ce n'est pas réactionnaire.

• Qu'au contraire, *Le Savoir-vivre efficace et moderne* se propose d'exploser le cloisonnement social.

• Que les règles du savoir-vivre ne sont pas réservées à une certaine élite.

• Que d'ailleurs, la preuve, c'est facile de faire partie de cette élite.

• Que le flagrant délit de mauvaise éducation n'est pas si grave.

• Qu'on peut même aller plus loin, si on veut.

• Que ce qui est grave, c'est la répétition du flagrant délit de mauvaise éducation.

• Que le problème, c'est que personne n'aime être pris en flagrant délit de mauvaise éducation.

• Que le deuxième problème, c'est que parfois personne n'est capable de dire comment faire mieux.

• Que le troisième problème, c'est que, quand quelqu'un est capable de dire comment faire mieux, c'est souvent quelqu'un de très antipathique, avec un sale air supérieur.

Alors ?

• Que nous, on n'est pas comme ça.

• Que c'est pour ça…

… que nous avons pu écrire ce livre.

Sophie Fontanel & Marie Perron

Aaa

ADDITION (attitude en réglant l')

AVANT : discrétion. Si la personne qui invitait payait par chèque, elle le faisait discrètement à la caisse. Si elle payait en liquide, elle dissimulait les billets dans la note.

MAINTENANT : la discrétion s'est désormais déplacée sur un autre point. Ce point : la personne qui invite ne regarde pas trop longtemps l'addition. Et la personne qui est invitée n'essaie pas de lire la note.

ADDITION (de l'homme ou de la femme, qui règle l')

AVANT : l'homme invitait la femme. La femme ne proposait même pas de payer sa part. Elle était même invitée à aller se refaire une beauté aux lavabos dès que le moment de payer se faisait sentir. L'homme, lui, allait faire son « raccord coiffure » après avoir payé.

MAINTENANT : si un homme et une femme dînent seuls, c'est encore à l'homme de payer, quitte à insister pour le faire. Si cela gêne la femme, elle la boucle. Si toute une bande va au restaurant, et qu'il y a des hommes et des femmes, chacun paie sa part. Mais un homme peut décider d'inviter une des femmes présentes, pas forcément une qu'il courtise, mais une amie, ou une qu'il sait gênée financièrement. Une femme peut faire exactement la même chose. Quand on est invité, on dit « merci pour ce sympathique dîner » avant de se séparer, même si on a mangé de la daube.

ADDITION (moyen de régler l')

Avant : si on voulait payer par chèque, on prévenait le maître d'hôtel dès l'entrée dans le restaurant.

Maintenant : si on est surpris à la fin du repas d'apprendre qu'on ne peut pas payer par carte bancaire, on intègre l'information et c'est tout. On a l'élégance de sortir son chéquier, sans sous-entendre que c'est un scandale, ou bien du liquide, sans faire tout un laïus pour dire que là on cautionne l'argent de la drogue.

ADDITION (partage de l')

Avant : s'il était entendu que chacun payait sa part, une seule personne réglait l'addition, et c'est elle que chacun remboursait.

Maintenant : une seule personne fait la division (on ne vérifie pas derrière elle) et chacun sort ASSEZ RAPIDEMENT son moyen de paiement. Le pourboire, lui aussi, doit être partagé, et de la façon suivante : chacun délivre un pourboire assez conséquent. On ne met pas des centimes d'euros dans la coupelle sous prétexte qu'on est plusieurs. Il ne s'agit pas d'une cagnotte.

Addition : chacun dégaine rapidement son moyen de paiement.

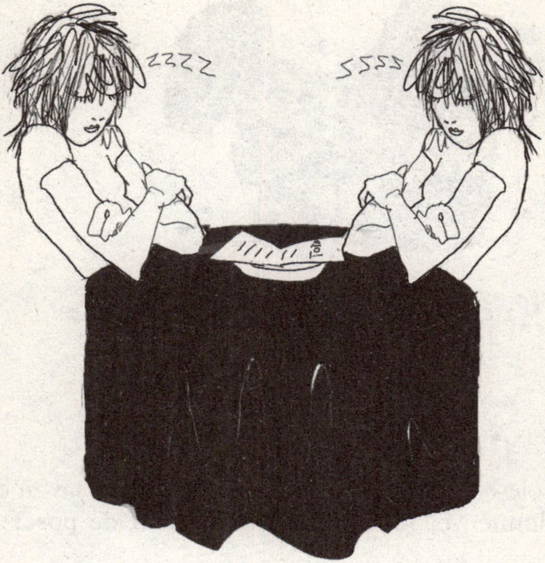

15:00

18:12

ADOLESCENT (coiffer un)

AVANT : l'adolescent n'avait pas toute latitude pour savoir quel genre se donner, et les parents se devaient de poser des limites.

MAINTENANT : l'adolescent peut et doit se donner le genre qu'il veut. Toutefois, s'il se confectionne une barrette avec une seringue, on peut lui expliquer que ça ne va pas tenir. Voire que c'est intenable.

ADOLESCENT (faire dire bonjour à un)

AVANT : si l'adolescent ne disait pas bonjour de lui-même, on lui demandait (discrètement) s'il avait dit bonjour.

MAINTENANT : on a confiance en son ado. S'il est timide, ça passera. S'il est idiot, ça passera. Par ailleurs, s'il ne dit pas bonjour à une certaine personne, c'est peut-être que cette certaine personne est une tête de con, et voici l'occasion d'en prendre conscience.

ADRESSE (rédiger une)

AVANT : on écrivait le nom du destinataire sur une seule ligne, puis, la ligne en dessous, le numéro de la rue, suivi d'une virgule, puis le nom de la rue. Puis, en dessous, le code postal et la ville.

MAINTENANT : on ne souligne rien sur l'adresse, même si on pense que le facteur ne va pas comprendre. Et on n'ajoute pas : « Vite, facteur, l'amour n'attend pas. »

ADULTÈRE (commettre un)

AVANT : on gardait sa langue si on ne voulait pas être jugé par les mauvaises (langues).

MAINTENANT : le néo-proverbe dit très justement que « si tu commences à en parler, tu es baisé ». Donc, dans tous les cas, on l'est… pour ainsi dire. Donc, tout va bien.

ADULTÈRE (être témoin d'un)

AVANT : on ne jugeait pas tout haut et on gardait sa langue.

MAINTENANT : c'est moins grave qu'avant. Mais ça ne veut pas dire qu'on participe, qu'on trouve ça comique et qu'on donne son avis. Ça reste privé. On a le droit de fuir momentanément ce gros merdier en prétextant un surplus de travail.

AÉROPORT (chercher quelqu'un à l')

AVANT : on allait toujours chercher sa femme à l'aéroport.

MAINTENANT : si quelqu'un vous propose de venir vous chercher, c'est plus gentil de refuser. C'est très gentil aussi à la personne en question de venir quand même.

AFFAIRES (déjeuner d')

AVANT : celui qui invitait ne devait pas pousser les convives à boire. Tout le monde devait pouvoir garder la tête froide.

MAINTENANT : celui qui invite demande aux autres s'ils préfèrent du rouge ou du blanc, et les autres s'efforcent de deviner ce que préfère celui qui invite. Si on veut rester net, on ne finit pas son verre, et donc, personne ne pourra le remplir à nouveau. Si on est saoul(e), on n'embrasse pas son patron sur la bouche. Si le patron est saoul, on trouve ça sympa. Si le patron rampe sur le bitume et vomit, on ne reste pas là comme un idiot à trouver ça sympa, on l'aide à rentrer chez lui. Et, le lendemain, on ne lui en parle pas. Et on ne prend pas non plus un air gêné. L'incident n'a tout simplement pas existé. Si le patron en parle, on minimise.

ÂGE (demander l')

AVANT : on ne demandait ni ne divulguait l'âge d'une femme.

MAINTENANT : on peut demander l'âge d'une femme, s'il est évident qu'elle est plus jeune que nous.

Partager un repas de bureau :

Mauvais, si la figure Ⓐ est le patron

Mauvais, si la figure Ⓐ est l'employé.

Pour savoir l'âge de sa petite amie, on compte discrètement les bougies de son gâteau.

AÏE ! (crier devant quelqu'un :)

AVANT : si, par exemple, je me brûlais en sortant le poulet du four, après le mouvement de recul (que j'essayais de contrôler), je ne faisais pas peser sur les personnes présentes la responsabilité de ce qui venait de m'arriver.

Aïe : 2 cas limites :

quelqu'un me fait mal involontairement.

je me fais mal involontairement.

MAINTENANT : la psychanalyse est passée par là. Je peux crier « merde ! », « fait chier ! », mais je ne dois pas en profiter pour afficher une mauvaise humeur disproportionnée par rapport à la gravité de l'incident. Sinon, c'est que je ne sais pas vivre.

AÏE ! (quelqu'un me fait mal involontairement)

AVANT : si, par exemple, quelqu'un me portait un coup accidentellement, après le mouvement de recul (que j'essayais de contrôler), je délivrais cette personne de tout sentiment de culpabilité en lui confirmant que ce n'était pas sa faute. J'avais toutefois le droit d'exprimer ma douleur.

MAINTENANT : la psychanalyse est passée par là. Si je profite du sentiment de culpabilité de celui qui m'a fait mal pour laisser libre cours à ma propre agressivité, pour hurler, pour taper à mon tour, là, je ne sais pas vivre. Voire, peut-être, je suis pervers. Ce qui est très impoli.

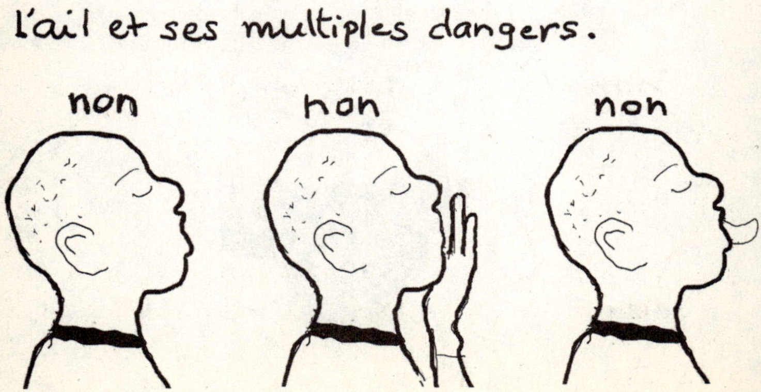

AIL (manger de l')

AVANT : je mâchais du persil, je croquais un grain de café, je fermais la bouche quand les gens approchaient. Je faisais toutes mes bises en inspirant, car l'odeur pouvait s'exhaler par le nez.

MAINTENANT : je n'agite pas ma main devant ma bouche. Je ne préviens pas ceux à qui je fais la bise que j'ai mangé de l'ail. Sauf dans le cas où je veux en profiter pour refuser d'embrasser des gens que j'ai dans le nez.

AIL (cuisiner à l')

AVANT : j'évitais de mettre de l'ail dans les plats que je servais à mon pince-fesses.

MAINTENANT : ce n'est pas très sympa de mettre de l'ail dans la salade de pâtes, surtout si, pour la manger, cinq personnes doivent aller s'asseoir à touche-touche dans un canapé deux places. Mais autour d'une table, tout l'ail qu'on veut est autorisé. Ensuite, on se lève et on se quitte en se faisant un signe de la main.

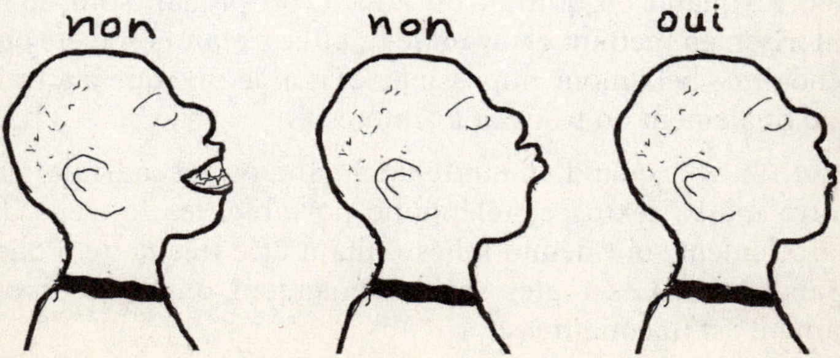

ALLERGIE (parler de son)

AVANT : j'avais mon antihistaminique sur moi, si j'étais allergique. J'évitais de manger un aliment que mon organisme refusait même si ça me semblait plus courtois de faire comme si de rien n'était.

MAINTENANT : à un dîner, je peux prétendre être allergique à un aliment si c'est un aliment dont je ne raffole pas. Par exemple, le foie de veau. Je peux alors affirmer que, malheureusement, mon organisme ne synthétise pas les abats. À mon grand regret.

ALTESSE (comportement avec une)

AVANT : on se renseignait avant de voir une altesse pour savoir comment l'appeler. Et ensuite, mis au parfum, on l'appelait « Altesse », ou « Majesté », selon ce qui était préconisé. De plus, devant une reine, une femme faisait la révérence.

MAINTENANT : quand on est devant une altesse royale, on la traite en altesse, même si on pense que tout ça est grotesque. Et en parlant à la reine, on ne fait aucune ironie du genre : « Et comment va sa majestature, aujourd'hui ? Ça boume ?»

AMANT (rompre avec un)

AVANT : quand on quittait un amant, on prenait soin de le valoriser, en mettant en avant le fait que c'était la société qui rendait ce bel amour impossible, et non le manque d'attrait que finalement on trouvait à l'intéressé.

MAINTENANT : quand on quitte un amant, on est radicale, car entre mails, textos et téléphone portable, les moyens de harcèlement sont démultipliés. Autant être très nette. Polie. Mais claire. Ces règles valent également dans le cas où l'amant est une maîtresse.

Amant : 6 façons de le quitter :
Pas bon,
trop méprisante.
ttttt..
Mauvais, tro
fataliste.
Pas crédible
parce que nue.
Très mauvai
parce que tr
contente.
Nul, trop
de pathos.
Parfait, par
que net.

AMANT (discrétion avec un)

AVANT : on ne se montrait pas au bras de son amant, car cela embarrassait tout le monde.

MAINTENANT : si on est surprise au bras de son amant, on ne montre aucun embarras. C'est la nouvelle façon d'être invisible. Et on le présente comme si de rien n'était, sans préciser toutefois qu'il s'agit de notre amant. La règle est la même pour la maîtresse.

AMANT (aller à un dîner avec un)

AVANT : on n'emmenait pas un amant à dîner chez des gens qui connaissaient notre mari.

MAINTENANT : on n'emmène toujours pas un amant à dîner chez des gens qui connaissent notre mari. Mais si on aime son amant, on ne le planque pas comme s'il était le sujet de la honte. On lui trouve des occasions de sorties. Et si le voici à un dîner avec nous et notre mari, on montre à l'un (le mari) qu'il existe, et à l'autre (l'amant) qu'on est là.

AMBIANCE (mettre de l')

AVANT : la règle, c'était, quand il n'y avait pas d'ambiance, de faire comme s'il y en avait.

MAINTENANT : la règle, c'est, quand il n'y a pas d'ambiance, d'en mettre.

AMI (faire l'amour avec un)

AVANT : quand ça arrivait, et qu'on n'était pas déjà marié(e) avec cet(te) ami(e), on essayait de rester amis, quitte à s'aimer.

Elle fait l'amour avec un ami.

Elle ne fait pas l'amour avec un ami.

MAINTENANT : si l'ami(e) se révèle meilleur(e) ami(e) qu'amant(e), on ne lui en tient pas rigueur, et on essaie de rester amis comme avant.

AMI (lire le livre d'un)

AVANT : quand ça arrivait, il y avait des chances que ce soit parce que l'ami en question était écrivain, donc on trouvait toujours quelque chose à lui dire.

MAINTENANT : si l'ami est un people, on ne lui demande pas qui a écrit son livre. On ne critique pas le livre d'un ami, et la bienveillance doit l'emporter sur la franchise, du moins dans la première année qui suit la parution de l'ouvrage. On ne dit pas à l'ami : « File-moi ton livre que je le lise », ni « j'ai pas lu ton livre, je l'ai pas reçu », phrases entrant dans les impairs de catégorie 9. On va l'acheter à la librairie. Si l'ami nous a offert un exemplaire, on en achète quand même un autre pour l'offrir à un collègue de travail ou, si le livre est vraiment nul, on l'offre à un ami con.

AMOUREUX (comportement des)

AVANT : dans un restaurant, les amoureux pouvaient s'asseoir côte à côte, et discrètement picorer dans l'assiette l'un de l'autre. C'était toléré.

MAINTENANT : les amoureux peuvent, et pas forcément les amoureux, même les couples, partager un plat, tant que le patron du restaurant comprend que ça n'est pas par mesure d'économie, mais par fusion romanesque. Donc, on prend pour deux, et on mange à deux. Mais on ne se passe pas la nourriture de bouche à bouche. Ce n'est pas toléré.

ANALYSE (parler de son)

AVANT : on n'en parlait pas. Ça ne regardait que nous, et la rumeur courait que ça n'intéressait même pas le psy.

MAINTENANT : on peut en parler, si c'est 1) avec humour, 2) pas tout le temps, 3) sérieusement, mais à une seule personne à la fois, 4) pas à table.

on ne parle pas de son analyse la bouche pleine.

ANNIVERSAIRE (cadeau d')

AVANT : on n'offrait pas la même chose à tout le monde, même si les sels de bain nous semblaient une idée tip top. On essayait aussi de trouver mieux qu'un flacon de parfum. On n'offrait pas un parfum parce que c'était un qu'on aimait. Ce qu'on offrait était dans un paquet cadeau, et en aucun cas acheté en solde. Le cadeau, on était quasiment sûr qu'il allait faire plaisir.

MAINTENANT : envoyer un texto à quelqu'un pour lui souhaiter un bon anniversaire ne dispense pas de lui faire un cadeau.

APÉRO (aller à un)

AVANT : quand on allait chez les gens prendre un apéritif, on était bien habillé. C'était un événement important. On ne se jetait pas sur les bols en bois remplis de Tuc, on ne prenait pas une pleine poignée de chips même quand c'était un tout petit enfant distrait qui passait le saladier un peu de travers, on lançait un sujet de conversation même si personne n'avait rien à se dire, on était d'excellente humeur avant même d'avoir bu, on vantait le jardin (si jardin il y avait) de la maîtresse de maison. Et, contrairement à ce qui se passait dans un dîner, la maîtresse de maison pouvait même nous faire visiter informellement sa propriété. On trouvait cette propriété ravissante même si c'était un pavillon témoin.

MAINTENANT : on n'a pas un dîner après. L'apéro doit toujours pouvoir s'éterniser en dîner improvisé. De même, on ne reste pas planté là à attendre que la maîtresse de maison propose un dîner improvisé. On fait mine de partir, et on voit si on est retenu ou pas.

APPORTER QUELQUE CHOSE ? (je peux)

Avant : on ne posait pas cette question, sauf s'il s'agissait d'un repas décidé au dernier moment, auquel cas chacun proposait d'y mettre du sien. Sinon, on présupposait qu'il ne manquait rien dans cette bonne maison.

Maintenant : on demande si on peut apporter quelque chose, et même si la personne répond non, on pense à prendre une bouteille de vin. Mais attention, du bon vin. Car l'usage veut qu'on boive cette bouteille ce soir-là, par respect pour celui qui l'a offerte. Or, rien n'est pire que de voir du premier coup d'œil qu'un vin est douteux et d'être obligé de le servir au repas qu'on a préparé avec goût.

ARTICHAUT (manger un)

Avant : on mordait dans les feuilles par le bout après les avoir trempées dans la vinaigrette. On n'y trempait pas deux fois la même feuille, surtout si on venait de la sucer, et si la sauce était commune à toute la tablée. Et même si on avait son propre ramequin perso, on ne retrempait pas une feuille raclée. On avait le droit d'enlever le foin avec les doigts.

Maintenant : quand on mange des artichauts en poivrade (= crus et marinés), on ne fait pas la grimace si c'est dur sous la dent. C'est comme ça que c'est bon. Si c'est trop mou sous la dent, c'est que c'est raté, mais on ne fait pas non plus la grimace.

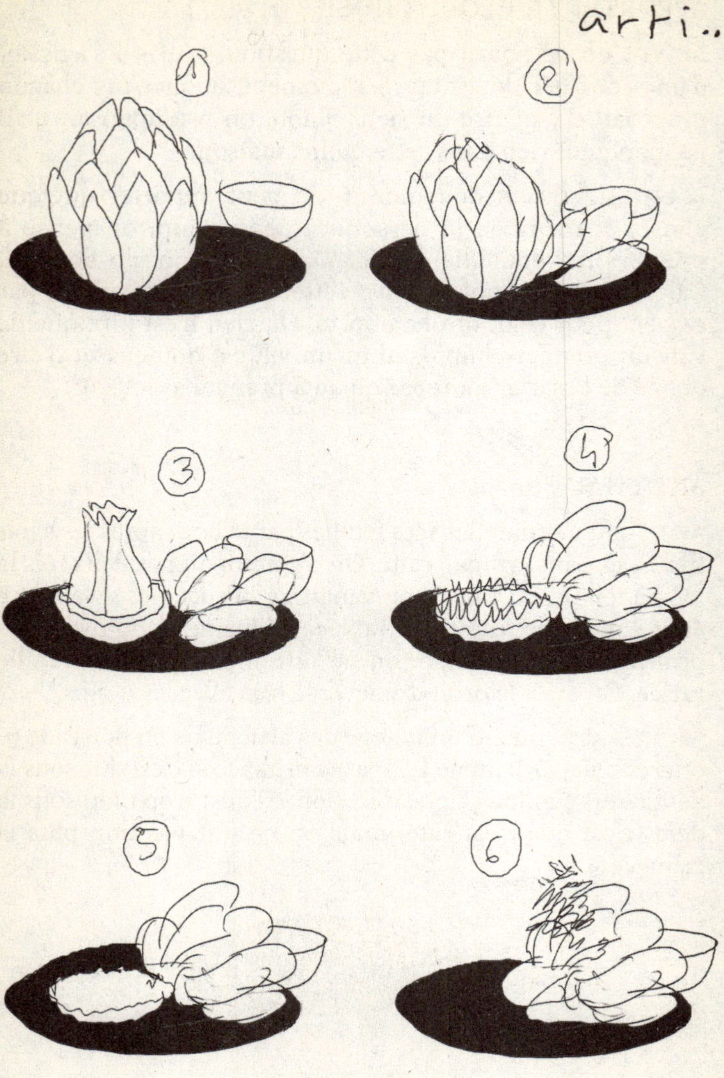

Oui : les phases de décorticage ont été respectées.

.. Chant

1

2

Non : Bob a sauté quelques phases.

ASPERGES (manger des)

AVANT : on pouvait manger les asperges avec les doigts. Même si ça se mangeait surtout avec une fourchette et un couteau.

MAINTENANT : on peut se trouver très con si, au milieu d'une tablée, on mange ses asperges avec les doigts devant des gens qui croient que ça se mange seulement avec une fourchette et un couteau. Les asperges *a la plancha* (grillées au four) se mangent avec des couverts. On ne joue pas à se les enfiler dans le gosier comme un avaleur de couteaux.

ASSISTANTE (élégance avec une)

AVANT : quand on avait une assistante, on évitait de la prendre pour une secrétaire.

MAINTENANT : quand on a une secrétaire, on l'appelle assistante, et on évite de la prendre pour la bonne. On ne reluque pas le cul de la jolie employée, même si c'est en pérorant « *No fuck at work* ». Si on connaît une star, on l'appelle nous-même, on ne charge pas l'assistante de le faire. Par exemple, on appelle la star sur son portable, on dit bonjour à la star et, si besoin est, on lui dit : « Je te passe mon assistante. »

BBbb

BAGUE (porter une)

AVANT : on ne mettait jamais toutes ses bagues à la fois. Si quelqu'un s'extasiait sur celle qu'on portait, on accueillait modestement le compliment, sans préciser que « ça pouvait », vu que c'était une Cartier.

MAINTENANT : si c'est une copie à 20 euros, on ne le clame pas comme si on avait fait l'affaire du mois. Le prix des choses ne regarde personne, qu'il soit élevé ou bas. On ne demande jamais à essayer la bague de quelqu'un. Mais on ne refuse pas de prêter notre bague à qui veut l'essayer.

BAISE-MAIN (faire le)

AVANT : un homme ne faisait un baise-main à une femme que dans un lieu clos. Dans la rue, c'était un impair. Un homme ne faisait pas un baise-main à une jeune fille, ni à une célibataire encore jeune. Un homme ne baisait jamais vraiment une main, il feignait de le faire et ses lèvres ne touchaient jamais la main en question. Il s'inclinait, c'est tout. Aucune bave ne coulait sur la main de la femme. La langue non plus ne touchait pas la main. Si la femme portait des gants, le

Bague :
si on est (A), on peut prendre un air plus aimable ; si on est (B), on ne demande pas à essayer la bague de (A).

baise-main ne pouvait avoir lieu, sauf si c'était de longs gants de bal. Une femme ne tendait jamais la main, c'était à l'homme de s'en saisir.

MAINTENANT : si c'est juste pour embrasser la main d'une femme, on attend de la connaître mieux, et on peut alors tranquillement lui prendre la main et appliquer une chaleureuse bise dans le creux de sa paume. Sinon, si on veut s'aventurer dans un baise-main, on chiade surtout l'inclinaison du buste, pour que la femme comprenne qu'elle doit tendre un dos de main mou plutôt qu'une main franche.

BAL (aller au)

AVANT : quand on dansait, c'était au bal.

MAINTENANT : si on va au bal des pompiers, on ne refuse pas de danser avec les pompiers. Au bal populaire, une formidable bonne humeur doit régner, mais on ne se moque pas des locaux qui dansent le paso-doble. Au contraire, on a envie d'apprendre, et peut-être même avec un autochtone qui n'a plus que deux dents. On a le droit d'exciter les vieux du village, de se dandiner et de frétiller du pompon, toutefois sans en faire trop. Aucun geste obscène ne vient accompagner le tempo, et si on bouge les hanches, c'est de droite à gauche et jamais de l'arrière vers l'avant, on n'est ni à un rodéo ni dans une rave.

BANANE (manger une)

AVANT : on pelait le fruit. Entièrement. Puis on ne le gardait pas en main, on le posait dans l'assiette. Puis on le coupait en larges rondelles. Puis on le mangeait avec une fourchette.

MAINTENANT : une fois la banane décalottée, on ne retire pas les fils avec minutie comme une chef couturière des ateliers Hermès. Une fois la banane ingurgitée, on referme ses épluchures les unes sur les autres, et on pose le déchet sur le bord de l'assiette. On ne l'abandonne pas étalé comme un vieux slip.

BAVARD (en finir avec un)

Avant : quand on avait une anecdote à raconter, elle était courte. Mais quand quelqu'un racontait sa vie en la faisant passer pour une longue et passionnante anecdote, on gardait un air primesautier. Comme si le temps n'avait pas d'importance.

Maintenant : malheureusement, c'est pareil. Mais il existe quelques ruses pour abréger l'épreuve. Elles sont hélas toutes très impolies, donc irrecevables dans ce guide. Nous vous en fournissons malgré tout une liste :

• se lever et aller aider en cuisine ;
• se lever et aller mettre un CD ;
• se lever et engager la conversation avec un invité qui serait déjà installé plus loin dans le canapé ;
• se lever et ouvrir un magazine ;
• se lever et faire semblant que l'anecdote est terminée et que sa chute est tordante ;
• rester assis et faire mine de s'endormir en ronflant bruyamment.

BIGOUDIS (se mettre des)

Avant : on ne se montrait pas en bigoudis, sauf à une frange très restreinte de proches.

Avec un bavard, couper court.

MAINTENANT : on s'arrange pour ne pas avoir une coiffure nécessitant la pose de bigoudis, car l'effet ne sera pas naturel, et le manque de naturel met les autres mal à l'aise.

BISE (faire la)

AVANT : on n'émettait aucun bruit.

MAINTENANT : quand deux personnes se font la bise, au final chacune doit avoir reçu une bise, et chacune en avoir donné une. Donc, dans un premier temps, on approche son visage de l'autre et, au petit bonheur la chance, on voit qui reçoit la première bise. Si c'est A, c'est alors au tour de A de porter une bise sur la joue de B. Si c'est B, c'est alors à A d'y aller. Par ailleurs, une bise salivée est une mauvaise bise.

BISE (quoi dire en faisant la)

AVANT : rien.

MAINTENANT : si la personne qui vous embrasse vous pose une question EN MÊME TEMPS QU'ELLE VOUS FAIT LA BISE, vous ne répondez pas. Vous attendez la fin du processus bises pour parler.

BISES (combien faire de)

AVANT : cela changeait selon les régions. Mais le savoir-vivre préconisait deux bises. Si la personne en face de vous voulait en faire davantage, on se laissait faire sans montrer d'étonnement trop méprisant.

MAINTENANT : on fait deux bises, mais on se laisse embarquer pour une troisième sans sourciller, voire pour une quatrième. On agit également ainsi avec les casse-pieds qui font plus de deux bises alors qu'on vient juste de les rencontrer et qu'on ne les reverra jamais.

la bise : un tour de force.

1. La figure (A) embrasse la joue gauche de la figure (B) alors la figure (B) embrasse la joue droite de la figure (A) et par l'inverse.

2. La figure (A) embrasse la joue gauche de la figure (B) au moment même où la figure (B) embrasse la joue droite de la figure (A) alors on fait mine que seule une des joues a été embrassée. on recommence l'opération

3. La figure (A) ne s'arrête pas à la deuxième bise mais continue (4 fois) comme il est de coutume dans sa région. Alors la figure (B) se laisse fair

4. La figure (A) et la figure (B) s'embrassent par mégarde sur la bouche. ce qui arrive quand on ne fait pas attention (pelle).

BISTROT (conversations de)

AVANT : quand on se trouvait au cœur d'une conversation de comptoir, on n'entreprenait pas d'en élever le niveau. On laissait dire.

MAINTENANT : on ne juge pas les gens sur ce qu'ils disent au bistrot. C'est possible que Bob, une fois les coudes sur le zinc, un index levé, sorte une grosse lapalissade du type : « Moi je dis que les couloirs de bus, c'est pour les pédés ! », ça n'a aucune importance. Il n'y a pas péril en la demeure. Bob n'a pas vraiment insulté Delanoë. Pas la peine de demander le divorce.

BONJOUR (dire)

AVANT : on saluait systématiquement les gens qu'on croisait souvent.

MAINTENANT : on dit bonjour avec entrain : 1) aux gens de l'immeuble, 2) à l'épicier habituel quand on passe devant son magasin, 3) à la gardienne même si elle est de dos, 4) aux autres mères de l'école. On n'est pas dans l'attente d'une réponse.

BOUCHE (éviter d'être embrassé sur la)

AVANT : on ne se laissait pas approcher. Éventuellement une duègne avertissait qu'on n'était pas là.

MAINTENANT : on détourne le visage, pas trop violemment, et sans prendre un air dégoûté. On laisse à l'autre la possibilité de : 1) comprendre qu'on ne veut pas l'embrasser, 2) faire comme s'il n'avait même pas essayé de le faire. Si on est pris par surprise, on ne crispe pas la bouche comme une anorexique voyant une fourchette approcher. On laisse sa bouche souple, en se disant que rien n'est grave. Et qu'on verra demain. On ne fait pas une comédie pour un pauvre patin.

BOUCHE (embrasser sur la)

AVANT : on laissait la personne respirer. On n'enfonçait pas trop sa langue dans la gorge de l'autre, lors du premier baiser. La langue de l'autre existait, avec un cerveau au bout, donc on n'arrivait pas dans la bouche de quelqu'un en terrain conquis, comme si les habitants du lieu étaient déjà soumis. On faisait connaissance.

MAINTENANT : si on embrasse l'objectif de la caméra vidéo au moment où quelqu'un nous filme, on ne met pas la langue dessus, parce que ça nique l'optique. Si on embrasse quelqu'un sur la bouche pour rire, au moment où on est pris en photo par exemple, on s'arrange pour dissiper tout malaise éventuel entre cette personne et nous par la suite. Quand on a roulé une pelle à quelqu'un, on n'est pas non plus tenu de faire l'amour avec. Si l'autre se vexe, tant pis. Il ne va pas faire une comédie pour un pauvre patin.

BOULES (avoir les)

AVANT : on ne faisait pas retomber notre mauvaise humeur sur les autres. Et si ça arrivait, on leur indiquait, par un geste tendre, qu'on n'avait rien contre eux, qu'on était juste très sombre ce jour-là.

MAINTENANT : on ne prend pas les autres pour des psy. Ni logorrhée ni transfert. On ne dit pas : « J'ai pas besoin d'un psy, je t'ai ! » à quelqu'un qu'on saoule.

BOUQUET (composer un)

AVANT : l'art du bouquet reposait sur des formes figées. En boule, et la boule devait être parfaite (pour les chrysanthèmes, les roses de jardin, les tulipes…). En éventail (pour les fleurs plus sauvages, anémones, iris, renoncules…). En composition asymétrique, avec un côté plus fourni que l'autre (pour les tiges longues, marguerites, lis, glaïeuls...). Là, nous parlons des années soixante, évidemment.

MAINTENANT : on ne laisse ni élastique ni ficelle, même si ça a l'air étudié pour. Quant à la disposition des fleurs, c'est une affaire de goût. Juste, on ne plante pas là les fleurs comme des connes. On les respecte, on les dispose, on les met en valeur. C'est important.

BOUTIQUE (comportement dans une)

AVANT : quand la vendeuse nous demandait si elle pouvait nous aider, on ne l'envoyait pas promener. On répondait éventuellement : « Je regarde. » Si la vendeuse nous proposait son choix immonde, on ne prenait pas ce qu'elle tendait, mais on la remerciait. Normalement, elle comprenait qu'il ne fallait pas insister. Sinon, on quittait la boutique, sans oublier de lui dire au revoir.

Maintenant : on n'essaie pas un vêtement hors cabine. Quand on repose un vêtement sur cintre, on le met dans le bon sens, et au bon endroit. Si on n'y arrive pas, on peut le tendre à la vendeuse en lui demandant humblement de l'aide. On ne remet pas un pull en boule dans la jolie pile bien agencée, même si la vendeuse ne nous voit pas. On ne compte pas sur la vendeuse pour ramasser derrière nous tous les vêtements qu'on laisse traîner. On n'arrache pas le bouton d'une veste pour avoir une ristourne à la caisse.

BOUTIQUE (entrer dans une)

Avant : on disait bonjour quand on entrait dans une boutique. C'était un lieu privé.

Maintenant : il est courtois, quand on croise le regard du vigile, de lui adresser un regard, voire de lui dire bonjour.

BOUTIQUE (sortir d'une)

Avant : on disait au revoir quand on sortait d'une boutique.

Maintenant : si on bipe en sortant d'une boutique, et que le vigile nous interpelle, on obtempère volontiers, et sans jamais prendre les attitudes suivantes :

- être outrée qu'on puisse nous soupçonner ;
- toiser le vigile comme si c'était quasiment lui l'éventuel délinquant ;
- partir sans se retourner ;
- à grands bruits, prendre les gens à témoin de la bêtise du vigile ;
- attendre en ricanant que le vigile se rende compte qu'on n'a rien volé.

BRETELLES (arborer des)

AVANT : on ne faisait pas claquer ses bretelles.

MAINTENANT : si les bretelles sont portées à même la peau, c'est qu'on est un top model.

BRUIT (l'animal et le)

Avant : si notre animal était éducable (chien intelligent), on lui apprenait à ne pas faire de bruit. Si notre animal n'était pas éducable (coq), on en parlait avec les voisins. On prenait en considération la gêne que cela pouvait leur occasionner.

Maintenant : on n'engueule pas son chien quand il aboie, car cela fait encore plus de bruit. Un geste impérieux et non agressif doit suffire à le faire taire. Si c'est un coq, on savoure son chant campagnard, qui se trouve être de plus en plus rare.

BRUIT (nos enfants et le)

Avant : on ne laissait pas ses enfants crier, et on ne criait pas plus fort qu'eux s'ils criaient quand même.

Maintenant : on fait répéter à voix plus basse à l'enfant tout ce qu'il vient de dire en hurlant. On lui explique qu'il y a des voisins en dessous, et quand on les croise dans l'escalier, on les lui présente.

BRUIT (les enfants des autres et le)

Avant : même si on se sentait l'autorité de faire taire n'importe quel mouflet bruyant, même si on ne connaissait pas ses parents, on s'abstenait. On ne levait pas les yeux au ciel au moindre cliquetis de cartable.

Maintenant : on n'engueule pas les parents d'un enfant bruyant en présence de l'enfant. On n'engueule pas directement l'affreux jojo, on lui demande comment il s'appelle, et où sont ses parents. On dit ce qu'on a à dire aux parents, sans esprit querelleur. Par ailleurs, on accepte le fait qu'un enfant n'est pas un être humain silencieux, qu'il vit, qu'il vibre, et que s'il ne le fait pas, c'est mauvais signe.

BRUIT (la voiture et le)

Avant : on ne claquait pas les portières. On ne posait pas son coude sur la vitre baissée. On coupait le moteur quand on attendait quelqu'un en bas de chez lui. On ne klaxonnait pas quand ça n'avançait pas.

Maintenant : on ne met pas la musique à fond si les vitres sont ouvertes. Même si le morceau est bien.

BRUIT (manger en faisant du bruit)

Avant : on mangeait sans bruit, bouche fermée. Et toutefois sans trop écarter les narines.

MAINTENANT : si quelqu'un fait du bruit en mangeant, on ne se tait pas comme s'il était en train de parler.

BRUIT (l'avion et le)

AVANT : si on possédait un petit avion de tourisme, on évitait de faire des loopings au-dessus de son quartier résidentiel pour se la péter devant ses enfants.

MAINTENANT : à la plage, si, en sortant de l'eau, on a envie de faire l'avion au-dessus de sa femme, on vérifie d'abord que ni sa femme ni les personnes alentour ne sont en train de faire la sieste. Invité chez des gens, si on entend les avions passer, on ne demande pas à nos hôtes s'ils avaient connaissance de cette nuisance avant d'acheter la maison.

BRUNCHER (aller)

AVANT : les brunchs n'existaient pas.

MAINTENANT : quand on arrive au brunch, on ne donne pas l'impression de sortir du lit. On est frais, dispos, avenant. On a faim, on ne vient pas de prendre son petit déjeuner. On mange proprement, même si c'est assis sur un coin de fauteuil. On ne se fait pas de copieuses tartines de tapenade sous prétexte que c'est presque le matin. On n'a pas un rendez-vous pour déjeuner après. On doit pouvoir rester à discuter avec les personnes qui invitent. À partir de là, chacun peut partir quand il veut, voire à des heures différentes.

BUREAU (accueillir une recrue au)

AVANT : on aidait la recrue, mais avec la plus grande discrétion. Tout ce qui était ostentatoire était indélicat.

Maintenant : le jour où la recrue arrive, on l'invite à déjeuner. On ne jouit pas quand la recrue fait une gaffe, on ne jouit pas quand la recrue prend sa première engueulade. On n'attend pas la recrue au tournant. On met les erreurs de la recrue sur le compte de son inexpérience et non de son incompétence. On ne prend pas en grippe une recrue sous prétexte qu'elle est jeune et jolie. Si on aide la recrue, ce n'est pas en lui faisant sentir notre supériorité.

BUREAU (entrer dans un)

Avant : on frappait avant d'entrer dans un bureau, même si la porte était entrebâillée. On s'assurait que la personne n'était pas au téléphone. Si on se glissait dans le bureau entre deux rendez-vous, on était rapide.

Maintenant : si on a réussi à entrer, on doit sentir quand est venu le moment de sortir.

BUREAU (fumer au)

Avant : on pouvait fumer au bureau, en prenant soin d'ouvrir régulièrement une fenêtre, sans pour autant frigorifier les frileux.

Maintenant : fumer hors de l'espace fumeurs est interdit, et on respecte cette interdiction. On ne considère pas qu'on peut allumer sa cigarette où on veut et, que finalement, tant qu'on ne nous a pas demandé de l'éteindre, on est tranquille.

BUREAU (boire au)

Avant : une bouteille d'eau, dissimulée sous le bureau, permettait de se réhydrater.

MAINTENANT : en présence de ses collègues, on ne boit pas au goulot la tête renversée en arrière. On ne demande pas à un collègue si on peut boire à sa bouteille. Si on possède un mug pour boire son thé, on le lave souvent. Il ne contient pas de traces marron. Il ne doit pas faire figure d'écuelle de fortune. On ne place pas sur son bureau à côté de ses crayons sa tasse, sa réserve de sachets de thé, et sa boîte d'édulcorant de synthèse. On ne laisse pas davantage traîner sa tasse sale à côté des lavabos où tout l'étage se lave les mains. Tout ça va dans les tiroirs.

BUREAU (gérer un rendez-vous au)

AVANT : on ne faisait pas attendre le visiteur. La secrétaire prenait les appels pendant toute la durée du rendez-vous, sauf urgence. On ne signait pas son courrier d'une main distraite pendant un rendez-vous.

MAINTENANT : si on reçoit un texto ou un e-mail, on ne regarde pas de qui il provient pendant que le visiteur parle. Si le texto ou l'e-mail est drôle, on n'éclate pas de rire pendant que le visiteur parle. Si le téléphone sonne, ça ne peut être que la secrétaire, donc on décroche. Si ce n'est pas le cas, on ne prend pas l'appel en disant : « J'en ai pour trois minutes, je te rappelle. » Car même si le visiteur a presque terminé son rendez-vous, on ne lui impose pas un compte à rebours.

BUREAU (salutations au)

AVANT : les collaborateurs n'étaient pas des machines. On leur disait bonjour le matin en les croisant, et au revoir le soir en les quittant, EN REGARDANT DANS LEUR DIRECTION. On était aussi aimable avec les inférieurs hiérarchiques qu'avec les supérieurs. On ne critiquait pas le collègue qui sortait de la pièce.

MAINTENANT : si un collègue est laid, con, et imbitable, on lui dit bonjour quand même.

BUREAU (utiliser les toilettes du)

AVANT : on y faisait de rares et brefs passages.

MAINTENANT : on ne fume pas aux toilettes. Une fois remonté de la cantine, on ne se dirige pas vers les toilettes un illustré sous le bras. On laisse l'endroit aussi propre qu'on l'a trouvé, voire davantage. Si les toilettes sont bouchées, on n'y va pas, on en cherche d'autres à un autre étage.

BUS (attitude dans un)

AVANT : quand on montait dans le bus, on avait déjà sorti son titre de transport, de façon à ne pas faire attendre tout le monde. On allait de préférence chercher sa place vers le fond du véhicule, sauf s'il était évident qu'il n'y en avait plus. On répondait à celui qui demandait où il fallait descendre pour aller aux grands magasins. Avant d'ouvrir une fenêtre, on demandait aux autres si ça les dérangeait ou pas. Si le bus tressautait et nous projetait sur quelqu'un, on s'excusait.

MAINTENANT : on ne prend pas une expression d'insolent triomphe dès qu'on a trouvé une place. On ne détaille pas le cuir chevelu des autres voyageurs, même s'il est sous notre nez : on ne regarde pas autrui comme on regarde son téléviseur. Les passagers ne sont pas un spectacle. On ne lit pas le magazine du voisin.

BUS (avec un enfant dans un)

AVANT : on se débrouillait pour que l'enfant ne dérange pas les autres. Notamment en empêchant ses pieds d'effleurer les pantalons, collants et jupes des passagers voisins. On ne faisait pas de graves remontrances à son enfant devant tout le monde. On n'envoyait ni fessée ni gifle.

Si c'est vous qui êtes à l'intérieur, sortez immédiatement !

MAINTENANT : l'enfant a le droit de s'exprimer, et même de parler plus fort que tout le monde, tant qu'il est de bonne humeur et que, éventuellement, il distrait les voyageurs. Si quelqu'un joue avec notre enfant, on ne s'en offusque pas. On s'en réjouit. Idem dans le train.

BUS (arrêt du)

AVANT : on cédait sa place, sur le banc, aux personnes âgées, femmes enceintes, femmes accompagnées d'un bébé et personnes ayant des difficultés à marcher. S'il y avait du monde, on ne se positionnait pas de manière à être la première à entrer dans le bus. On calculait mentalement le nombre de personnes qui étaient devant nous. On ne grattait pas la queue.

MAINTENANT : on laisse les personnes en rollers entrer les premières dans le bus. Même si elles ont quinze ans de moins que nous. Même si elles ne demandent pas l'autorisation. Même si ce serait facile de les faire tomber, là. On a pitié des contingences de leur équilibre précaire.

BUS (conversation dans un)

AVANT : on n'avait aucune conversation d'ordre privé. On ne citait aucun nom de famille. On ne parlait pas fort. On ne se mêlait pas de la conversation des autres. On ne l'écoutait même pas. C'était comme si on ne l'entendait pas.

MAINTENANT : la même règle s'applique si notre interlocuteur est notre téléphone portable.

Bus : savoir attendre son tour.

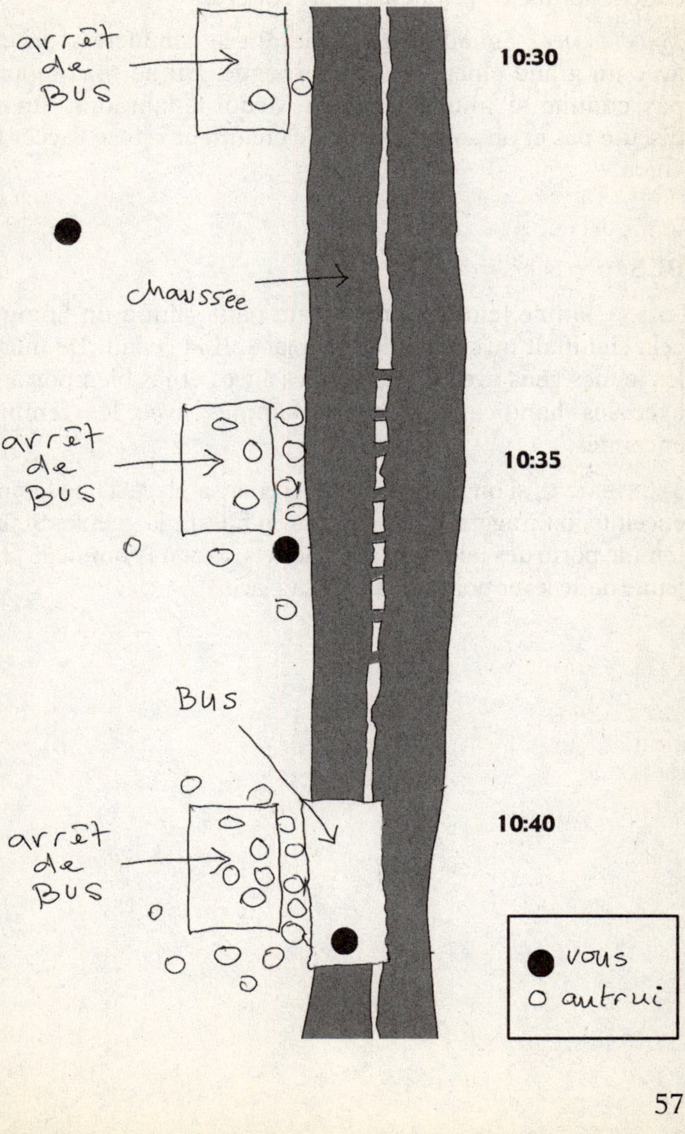

BUS (emmener un chien dans un)

AVANT : hormis les chiens d'aveugles, seuls les petits chiens étaient admis. Ils payaient à part entière.

MAINTENANT : quand on passe devant le conducteur du bus avec un grand chien, on le lui désigne. On ne se comporte pas comme si tout était dû à Médor-le-labrador. On ne discute pas et on sort du bus si le chauffeur refuse l'accès au chien.

BUS (préséances dans le)

AVANT : si une femme adressait un petit salut à un homme, cela signifiait qu'elle voulait sa place. Il la cédait. De même les jeunes gens avec les personnes âgées et les bien portants avec les handicapés. Ou les femmes avec les femmes enceintes.

MAINTENANT : si on n'a pas pensé à céder sa place à une femme enceinte, on n'aggrave pas son cas en faisant la gueule. Si une femme porte des talons ou des paquets, c'est à l'homme le plus jeune de se lever pour lui laisser sa place.

C

CADEAU (offrir un)

Avant : on remettait le cadeau à son destinataire le plus simplement du monde, ou bien on le posait sur son assiette. On ne faisait pas toute une mise en scène à la gloire de notre cadeau. Quand la personne avait ouvert le cadeau, on ne vantait pas la marchandise, on ne demandait pas : « Ça te plaît ? », on ne disait pas « C'est une broutille », même si on pensait que la personne était en train de réaliser que ça n'avait certainement pas coûté bonbon. Inversement, si la personne disait : « Tu t'es pas fichu de moi ! », on n'en profitait pas pour indiquer que, en effet, ça avait coûté bonbon. Plus tard, on ne demandait pas à la personne : « Tu la mets, la blouse que je t'ai offerte ? ». La vie ultérieure du cadeau ne nous concernait pas.

Maintenant : si on a acheté des élastiques pour cheveux à 50 centimes d'euro les dix, et qu'on veut les offrir à une amie, on ne présente pas ça comme un cadeau. Juste, on les donne.

Cadeau : plaisir d'offrir
non
oui
non
non
non

CADEAU (se débarrasser d'un)

AVANT : si le cadeau était un vase, par exemple, on le sortait du placard quand la personne qui nous l'avait offert venait dîner chez nous. Le reste du temps, on l'aura compris, le vase était au rebut, derrière les saladiers dans les placards au fond de l'office.

MAINTENANT : si on vire le cadeau, par exemple un vase, par exemple en le brisant inopinément, on ne prévient pas la personne qui nous l'a offert. On ne dit rien. Si la personne est polie, elle ne demandera jamais ce qu'on a fait de son cadeau. Et si elle le demande, après tout, c'est elle qui est impolie. Toutefois on aura la délicatesse de ne pas lui répondre : « Il doit être quelque part. » Au contraire, d'un ton affirmatif, on invente qu'on a emporté le vase dans le studio de Cabourg. Et évidemment, on n'offre pas à une tierce personne un cadeau qu'on nous a fait.

CADEAU (emballage du)

AVANT : quand on offrait quelque chose, ce quelque chose était dans un paquet cadeau.

MAINTENANT : le cadeau n'est pas forcément emballé, mais s'il est dans un vulgaire sac, ce n'est pas celui du Proxi. Il vaut mieux le laisser dans son emballage d'origine. Et attention, on ne met pas un cadeau H&M dans un sac Hermès, même pour rire.

CADEAU (recevoir un)

AVANT : on était ému, mais jamais bouleversé. On regardait la personne qui l'offrait droit dans les yeux, avant de fixer le paquet avec curiosité. Au cas où le cadeau était immonde, on ne laissait rien paraître. Si la personne devinait qu'il ne nous plaisait pas, on ne s'engouffrait pas dans

Cadeau : joie de recevoir
oui
On prend l'air content
non
On ne secoue pas pour savoir ce qu'il y a dedans
oui
On défait le ruban gentiment
non
On cache son désappointement
oui
On est enchanté.

cette brèche, on continuait de le trouver exceptionnel et luxuriant. Si on avait trouvé joli un foulard au cou d'une amie, et que l'amie en question, pour nous faire plaisir, se proposait de nous l'offrir, on commençait par refuser. Puis on acceptait, si l'amie insistait. Quand on recevait un cadeau par la poste, on remerciait séance tenante, par écrit ou par téléphone.

MAINTENANT : on est ému, et on considère le cadeau comme un petit événement, on ne réagit pas comme si tout nous était dû. S'il est comestible, on propose aussitôt de le goûter, sauf si vraiment le moment ne s'y prête pas. On n'oublie pas chez les gens le présent qu'ils viennent de nous faire. Si la personne qui nous fait le cadeau dit « Tu peux le changer, bien sûr ! », on n'en tient pas compte. Quelques jours plus tard, on reparle à la personne du plaisir que son cadeau nous a procuré, et du bonheur que c'est de-le-regarder-de-l'écouter-de-le-lire, jour après jour, jusqu'à la mort.

CAFÉ (appeler le serveur pour payer dans un)

AVANT : pour demander l'addition, on ne faisait jamais tinter sa cuillère contre son verre. On levait le menton et le serveur le remarquait : c'était son métier.

MAINTENANT : on ne hèle pas le serveur comme un taxi. On ne lui fait pas la hola comme au Stade de France. S'il ne vient pas, on va payer à la caisse. Il n'aura pas de pourboire, c'est tout.

CAFÉ (servir le)

AVANT : on offrait le café après le déjeuner ou le dîner, et qui voulait en prenait. On apportait le plateau impérativement au salon, jamais à table. Les tasses étaient petites, car ce n'était pas un petit déjeuner. Et elles étaient toutes pareilles,

Pour ne pas embarrasser ses invités, chacun doit avoir sa cuillère.

car on n'était pas à la brocante. Il y avait autant de cuillères à café que de tasses, et quand on servait quelqu'un, on lui tendait tasse, soucoupe et cuillère, avant de verser le café et de tendre le sucre. Pendant tout ce temps, les invités étaient debout. La cafetière et le sucrier étaient eux aussi assortis aux tasses. On avait : tout le service.

MAINTENANT : on ne sert pas un café lyophilisé. On ne sert pas un capuccino lyophilisé. On s'applique à préparer un café pas trop fort, pas trop faible. Si on est adepte du café turc, on le réserve à des amis déjà au parfum. On ne fait pas découvrir le café turc aux parents de notre future bru. On a pensé aux sucrettes, ainsi évite-t-on aux invités d'avoir à sortir leur propre boîte de sucrettes, ce qui n'est jamais très sexy. On ne pose pas le paquet de sucre en poudre sur la table. Sauf s'il s'agit d'un *very organic sugar* très très bio et très très roux. La cafetière peut être dépareillée, mais on ne sert pas un café dans une théière.

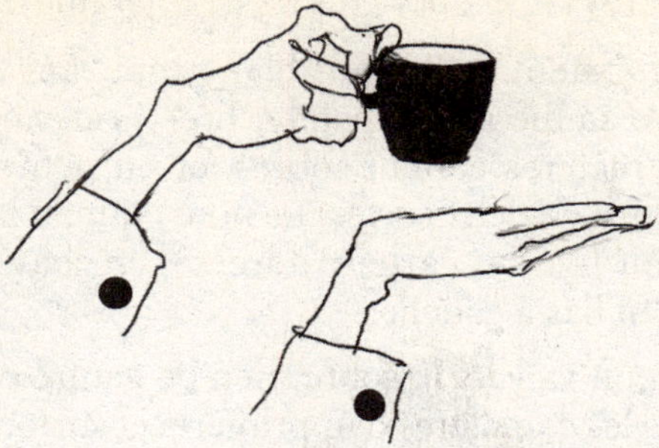

CAFÉ (se donner rendez-vous dans un)

AVANT : le premier arrivé s'asseyait face à la salle ou à la rue, si c'était en terrasse. Quand l'autre arrivait, si c'était une femme, l'homme devait :

- soit attendre au bar ;
- soit se lever et proposer sa place ;
- soit proposer qu'on change de table.

MAINTENANT : si elle veut la place d'où l'on voit tout ce qui se passe, la femme a intérêt à arriver la première. Si c'est en terrasse, l'élégance est de privilégier les tables qui permettent de s'asseoir l'un à côté de l'autre. L'homme se plaçant de préférence à droite, car le meilleur profil des femmes (pour des raisons de raie sur le côté) est bien souvent le droit.

CARTE DE VISITE (à quoi doit ressembler une)

AVANT : elles étaient en bristol blanc mat. Les caractères devaient faire saillie sur le papier, bref ça devait avoir du relief. Les caractères étaient sobres, et on pouvait tout de même en mettre de deux sortes. Le nom était au milieu à un tiers du haut de la carte, l'adresse en bas à droite, le téléphone en bas à gauche.

MAINTENANT : on va vers le sobre, rien de gaufré car le relief doit être dans les caractères d'imprimerie et surtout pas dans le papier. Si toutes nos coordonnées sont difficiles à caser entre le fax, le mail et le mobile, on peut les écrire au dos de la carte. On évite les cartes de visite autocollantes et, si on en a quand même, on ne les colle pas sur les tombes familiales à la Toussaint pour prouver aux autres membres de la famille qu'on est passé.

CARTE DE VISITE (quoi faire avec sa)

AVANT : elle servait surtout à décliner notre identité quand on se rendait au domicile de quelqu'un. Le domestique prenait la carte, se dépêchait d'aller la porter à son patron, et celui-ci nous recevait, ou pas. La carte servait aussi à indiquer qu'on était passé au domicile de quelqu'un, si la personne était absente.

MAINTENANT : on évite de s'en servir pour les condoléances. Mais ça peut servir à remercier, ou à inviter, et aussi à s'excuser. On ne dégaine pas sa carte de visite à tout bout de champ, ça n'est pas un flyer. On ne planque pas ses cartes de visite dans une petite poche en plastique au fond de la deuxième poche de son portefeuille. Si quelqu'un sort une carte de visite, et que soi-même on n'en a pas, et que soi-même on trouve que c'est un attribut grotesque, on ne dit pas : « Ah non, moi j'ai jamais de carte ! », comme si on était au courant d'une mode que l'autre ignorait. On dit : « Je n'en ai plus. »

carte de visite : une vraie démarche.

Bob Marlaix
technicien de voyage
tél 054020523A Ballée les verres

bien disposé.

Bob
de
Mireaux →

mal disposé.

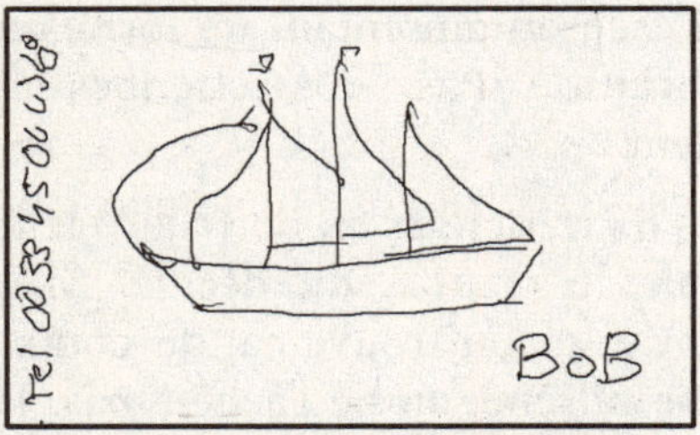

disposé beauf.

?
retourne-moi pour savoir

disposé naze.

CARTE POSTALE (à qui envoyer une)

Avant : si on envoyait une carte postale sans enveloppe, c'était à un intime ou à un égal hiérarchique. Sinon (avec un prof ou, le plus rarement possible, avec un patron), une enveloppe était obligatoire.

Maintenant : on peut envoyer une carte postale à son patron, à condition de le connaître. On n'essaie pas à cette occasion de créer une complicité avec lui. On ne lui envoie pas la photo d'un lapin, même si sa réputation est d'être particulièrement coureur. On ne pose pas des baisers au rouge à lèvres pour montrer qu'en vacances, on se lâche. On formule un message bref, de pure courtoisie.

CARTE POSTALE (quoi envoyer comme)

Avant : on devait trouver quelque chose de beau à envoyer, et également de tout simple. L'idée était de signifier au destinataire que, devant LA beauté (paysage ou musée), on pensait à lui. On évitait les cartes kitsch ou présentant un fort caractère de boutade lubrique. Pas d'Arlésiennes en porte-jarretelles, notamment.

Maintenant : toujours pas d'Arlésiennes en porte-jarretelles, même si ça nous semble le comble du décalé. Si les Arlésiennes se sodomisent et qu'on trouve ça, du coup, le comble du moderne, on se réfrène, on ne l'achète pas. Pas non plus de carte postale présentant plusieurs vues de l'île de Paros avec « *Welcome to* » écrit en dessous, car cela indique qu'on a saisi la première carte qui passait, sans la choisir. On évite les cartes drôles, même si c'est pour montrer que ce qui est drôle est justement d'envoyer une carte drôle qu'on ne trouve pas drôle. On n'envoie pas la même carte postale à des gens de la même bande.

carte postale : Top 4 du mauvais choix.

NON

jamais de couchers de soleil

NON

jamais de pin up toutes nues

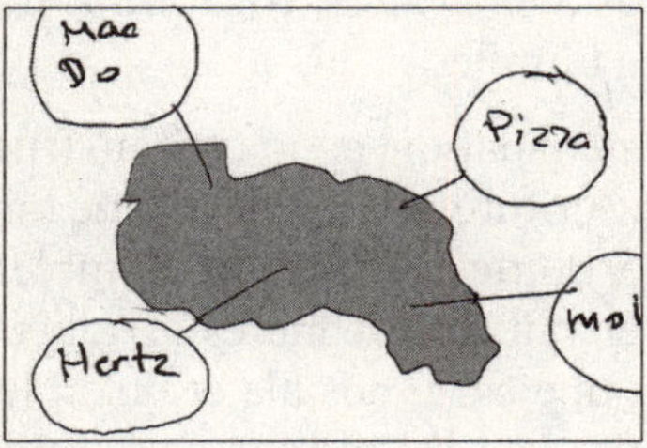

Non

jamais de plans pédagos

Non

jamais d'ânes même si là, on dirait Bob.

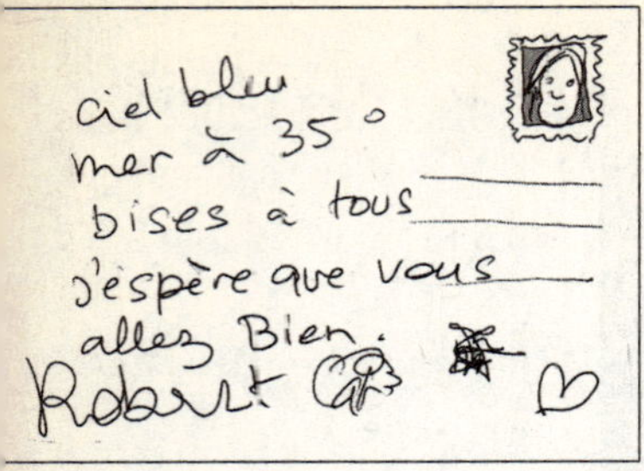

sans humour

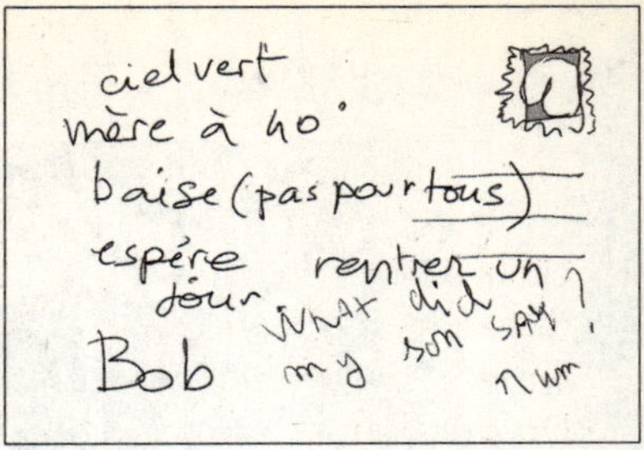

avec humour

CARTE POSTALE (quoi écrire sur une)

AVANT : on s'échinait à rédiger un texte qui dise quelque chose, plutôt que des propos sempiternels sur le ciel bleu azur et la mer à perte de vue. On devait rejoindre par la pensée la personne à qui on écrivait, avec bonne humeur. On ne devait pas y mettre de choses privées, même si c'était sous enveloppe, car les cartes postales avaient vocation à traîner longtemps, ensuite, dans les familles.

MAINTENANT : on a un peu d'imagination, et on écrit un truc gai. On s'arrange pour que notre écriture soit lisible. On ne fait pas trop de fautes d'orthographe, quitte à faire relire humblement la carte par quelqu'un qui n'en fait pas (de fautes). D'ailleurs, si quelqu'un écrit devant nous une carte postale et qu'on le voit faire une faute, il est altruiste de lui indiquer comment la corriger, il ne s'en formalisera pas. On ne force pas notre compagnon à apposer sa signature au bas des cartes qu'on envoie à nos parents. On ne signe pas non plus à sa place.

CERISE (cracher un noyau de)

AVANT : bien qu'on ne suçât pas interminablement son noyau de cerise, il se retrouvait vite totalement nettoyé dans l'assiette, avec un bref passage dans le creux de notre main.

MAINTENANT : même si on est dans un jardin, on ne jette pas ses noyaux de cerise derrière soi d'un geste décidé, sous prétexte de faire pousser des cerisiers. Même si c'est sensuel, on ne se barbouille pas les lèvres avec le jus. Même si on a des doutes, on ne croque pas dans une cerise pour regarder dedans s'il y a une bête. Et évidemment, même si c'est tentant, on ne choisit pas la plus foncée, brillante, et ferme. On prend une poignée de cerises au hasard, quitte ensuite à laisser la pourrie sur le bord de son assiette. La personne qui s'empare de notre cerise rebut, au motif qu'elle est tout à fait mangeable, commet un impair de catégorie 9. On la laisse faire.

CHAT (comportement avec un)

AVANT : on ne laissait pas le chat monter sur la table.

MAINTENANT : si le chat monte sur l'invité, on devine aux plus menus signes si l'invité s'en réjouit ou pas.

CHEVEUX (aspect des)

AVANT : on n'avait pas un cheveu qui dépassait. On se débrouillait pour que ce soit bel et bien le cas. Et ça n'intéressait personne de savoir comment on s'y prenait.

MAINTENANT : ce qui compte, c'est l'évidence de la bonne santé du cheveu. Le poil n'est pas sale, ou alors c'est un rendu, fait exprès, au moyen d'un gel miraculeux. Toutes les coiffures sont possibles, à condition qu'elles ne fassent jamais penser ni à une hygiène douteuse, ni au daltonisme, ni à la myopie, ni à un tempérament psychorigide, ni à une automutilation, ni à la chasteté, ni à la castration, ni au ratage d'un coiffeur lambda.

CHEVEUX (coupe de)

AVANT : on n'en parlait pas. Elle comptait moins que la mise en pli ou le brushing qui l'accompagnait, dont on ne parlait pas non plus. Parce que tout ça comptait moins que ce qu'on avait DANS la tête.

MAINTENANT : si on est devant quelqu'un dont la coupe de cheveux est loupée, on ne lui en fait pas la remarque. Soit la personne n'en a guère conscience, et ce n'est pas la peine de mettre le cheveu sur la soupe. Soit elle en a conscience, et il faut l'entourer de réassurance pour lui faire surmonter cette sale période dite de « repousse ».

CIGARETTE (allumer une)

AVANT : si on constatait l'absence de cendrier dans un lieu privé, on s'abstenait de fumer. On ne demandait aucune autorisation, car demander l'autorisation revenait à se la voir accorder.

MAINTENANT : dans un lieu privé, on demande toujours si cela dérange avant d'allumer une cigarette. La question doit être posée alors qu'on n'a encore ni cigarette ni briquet dans les mains. Si l'hôte est non-fumeur, on ne remplit pas le cendrier de mégots. Si personne ne fume, on ne fume pas.

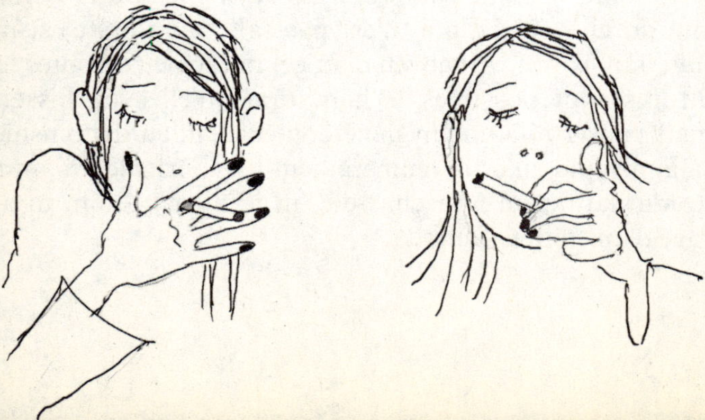

CIGARETTE (taxer une)

Avant : dès qu'on se saisissait de son paquet, on proposait une cigarette aux autres.

Maintenant : avant de saisir une cigarette dans le paquet d'autrui, on lui demande si ça ne le dérange pas. Le fait que l'autre nous offre une cigarette n'autorise en rien à piller son paquet. Est considérée comme impair de catégorie 9 l'attitude qui consiste à sans cesse taxer les cigarettes des autres au motif que nous, si on a notre propre paquet, on fume trop.

CIMETIÈRE (ambiance au)

Avant : au cimetière, on ne renouvelait pas les condoléances.

Maintenant : au cimetière, on ne considère pas que la cérémonie est enfin terminée et qu'on peut se détendre. S'il fait beau, on n'est pas là pour prendre le soleil. S'il fait froid, on fait comme si c'était supportable. On évite toute expression de relâchement. Si une occasion de décompresser se présente, on ne saute pas dessus avant la fin complète de l'enterrement, c'est-à-dire une fois au domicile en deuil.

CINÉMA (mouvements dans un)

AVANT : on ne donnait pas de coups de genou dans le siège avant. On ne tapait pas sur la tête du voisin de devant pour qu'il s'enfonce dans son siège. Si on lui demandait d'arrêter de gesticuler, c'était avec une foi sincère en sa bonne volonté.

MAINTENANT : si on sort avant la fin du film, c'est tête baissée et surtout pas quand Harry rencontre Sally.

CINÉMA (bruits à éviter dans un)

AVANT : on se débarrassait très vite du papier d'emballage de l'eskimo avant que le film ne commence. On ne commentait pas le film à voix haute, même si c'était pour éclairer la totale incompréhension d'une personne âgée un peu sourde. On ne pouffait pas de rire dans les scènes d'émotion.

MAINTENANT : on ne pioche pas bruyamment dans son paquet de pop corn. On n'est pas désolé et empressé quand le portable sonne, on a pensé à l'éteindre. On n'envoie pas des textos d'une salle obscure. Le seul écran lumineux doit être celui du cinéma, ne serait-ce que pour éviter toute confusion vis-à-vis de vos voisins âgés qui pourraient s'y tromper et croire que c'est là qu'il faut regarder le film.

dans la bonne société.

COIFFEUR (attitude avec un)

AVANT : on tenait compte de son avis, et on écoutait placidement son babillage.

MAINTENANT : on peut être assez directive sur ce qu'on veut. Il est impoli de refuser le shampooing au motif qu'on a déjà les cheveux propres. On doit juste en avertir la

Cinéma : même dans le noir, on fait attention au regard des autres en mangeant.

shampouineuse, afin qu'elle ait la main légère. Il n'est pas impoli de refuser les soins en sus, ni même de s'opposer au brushing. Les pourboires sont bienvenus, même si on sent qu'on est ratée, impression inhérente au fait d'aller se faire recoiffer.

COKE (attitude devant quelqu'un qui prend de la)

Avant : on ne s'en rendait pas compte.

Maintenant : si des chaudrons remplis de poudre sont disséminés dans le lieu où on est, on prend garde à ne pas éternuer dedans. Si des gens sniffent de la coke devant nous, on fait semblant de rien. Si quelqu'un nous affirme qu'il n'a pas pris de coke, on fait semblant de le croire. Si on ne trouve pas super-intéressante la conversation de celui qui a pris de la coke, on se garde bien de le lui faire remarquer, et on feint d'avoir sommeil pour s'éclipser.

COKE (prendre de la)

Avant : on s'isolait pour sniffer, de préférence dans les toilettes. Si des chaudrons remplis de poudre étaient disséminés dans le lieu où on était, tout était permis, et la discrétion de chacun, le lendemain, était de mise.

Maintenant : si Bob se lève en prévenant qu'il va aux toilettes, on ne se lève pas immédiatement en disant « Moi aussi ! » On compte « un, deux, trois », et on le rejoint.

COKE (attitude quand on a pris de la)

Avant : on faisait comme si de rien n'était, de toute manière, personne ne se doutait de rien.

Bob clean

Bob sous Coke
(savoir faire la différence)

MAINTENANT : on ne parle pas trop près du nez des gens. On garde en tête que nous, là, on trouve tout bien, mais que les autres ne le voient peut-être pas de cet œil. On ne se touche pas le nez à tout bout de champ. On ne se lance pas dans une conversation extrêmement sérieuse, même si on pense avoir un avis très intelligent. Si notre interlocuteur nous dit que ça, là, on l'a déjà dit deux fois, on lui fait confiance à cent pour cent. Quand on danse, on ne prend pas toute la place. On ne ramène pas une fille ce soir-là si on veut l'honorer, même si on se sent pimpantissime.

COMMENT ALLEZ-VOUS ? (quoi répondre à)

AVANT : on ne répondait pas : « Très bien, et vous? » Si on allait mal, on répondait : « bien », et si on allait bien : « très bien. » Puis on retournait à l'autre sa question.

MAINTENANT : on fait mine que la question nous est réellement posée. La réponse sera courte.

COMPLIMENTS (fishing for)

AVANT : on ne recherchait pas les compliments.

MAINTENANT : quand une personne demande : « Tu trouves pas que j'ai maigri ? », « Comment tu trouves mes nouvelles chaussures ? », « N'est-il pas sur-sublime, Bob ? », si notre avis est négatif, on se contente de fuir la question par une avenante pirouette.

CON (grand)

AVANT : quelqu'un de très con, on s'adressait quand même à lui comme s'il était intelligent.

MAINTENANT : quelqu'un de très con, on n'en fait ni une bête noire, ni une tête de Turc, ni une attraction. On lui cherche des

c'est pas parce qu'on a
maigri q'on doit en parler
à tout le monde.

circonstances atténuantes. On ne pose pas au con une question à laquelle il ne peut pas répondre, et le fait que ce soit pour faire rire l'assemblée n'est pas une excuse, au contraire.

CONCERT (comportement au)

AVANT : les soirs de première, on s'habillait comme si on allait à une soirée.

MAINTENANT : à part pour les concerts de musique classique, on s'habille comme on veut, même les soirs de première. Les concerts de rock et de variétés ont l'air de n'avoir aucune règle, mais ils en ont :

- On ne fume pas dans le noir sous prétexte que personne ne va s'en rendre compte.
- On ne pose pas sa cannette à moitié vide par terre.
- On ne se met pas debout les bras en l'air s'il y a des gens derrière.
- On n'allume pas son briquet si la personne devant a des cheveux longs.
- On ne chante pas à tue-tête toutes les chansons qu'on connaît. Une seule de temps en temps, et parce que tout le monde la reprend en chœur.

CONDOLÉANCES (présenter ses)

AVANT : on prononçait ou écrivait une phrase de condoléances, qui pouvait être : « Je prends part à votre chagrin », ou : « Je partage votre douleur. »

MAINTENANT : de vive voix ou par écrit, on dit quelque chose de sensible, pas trop non plus pour ne pas faire pleurer la personne en deuil. Rien de conventionnel. Ça n'est pas impoli d'écrire plutôt que de dire, au contraire. On n'attend pas quinze jours avant d'envoyer son mot, sur une feuille

Commenter les tristes circonstances :

Pauvre Bob ~~et en plus~~, maintenant il est mort.

~~l'âme de Bob s'est éteinte mais toi tu restes vivante.~~

~~Je pense à Bob et les larmes me défigurent.~~

~~Bob et moi on s'aimait trop~~

~~Comment tu vas faire sans Bob ?~~
~~Tu verras, Dieu nous le rendra~~

Dès que t'es remise on va boire un coup.

blanche. Dans le mot, on peut faire allusion à notre expérience de la perte et du deuil, toutefois sans en faire une élégie. On n'envoie jamais une carte postale, même si elle est triste. On ne se formalise pas si on ne reçoit pas de réponse. C'est un don, c'est tout. On n'insiste pas sur la supposée douleur de l'autre, car s'il n'éprouve pas encore de chagrin, il va se sentir atrocement coupable.

COUPLE (liberté dans le)

AVANT : si je voulais aller seul au bridge, j'y allais.

MAINTENANT : si la personne qui partage ma vie doit s'absenter, je ne lui demande pas tout de suite si elle a un amant. Je lui accorde ma confiance. Je laisse mon compagnon faire son intéressant auprès des filles. Si je suis pour la liberté dans le couple, et que mon compagnon, lui, ne l'est pas, je n'entreprends pas de le convaincre. Je ne le force pas à faire exploser les limites du concept de la fidélité bourgeoise.

Reconnais l'intrus dans notre

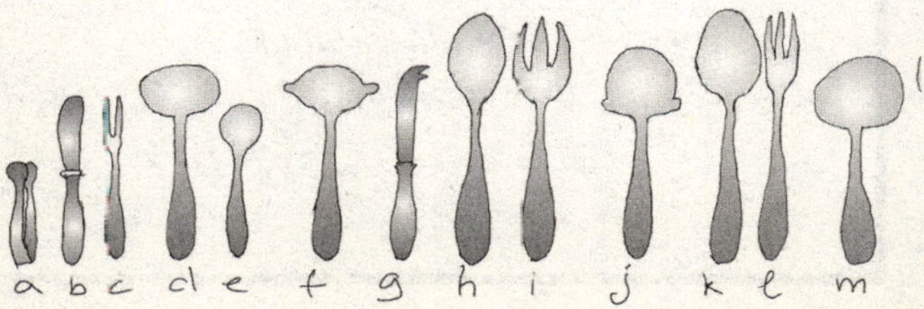

COUVERTS (reconnaître ses)

Avant : il fallait tous les connaître, sinon on se sentait empoté et ridicule. Normalement, on prenait les couverts dans l'ordre logique de leur disposition. Pour les entrées ceux qui se présentaient d'emblée, de l'extérieur de l'assiette vers l'intérieur. Ensuite, on se débrouillait pour s'y retrouver dans : pince à sucre (a), couteau à beurre (b), fourchette à escargots (c), cuillère à sauce (d), louche à sucre (e), cuillère à sauce gras et maigre (f), couteau à fromage (g), service à salade (h et i), cuillère à pomme de terre (j), cuillère et fourchette de service (k et l), louche à crème (m), louche à potage (n), cuillère de service géante (o), pelle à riz ou à frite (p), couteau et fourchette à découper (q et r), truelle et fourchette à poisson (s et t), pelles à tarte (u et v), cuillère à glace (w).

Maintenant : il faut en connaître un minimum et, pour ceux qu'on ne connaît pas, attendre de voir ce que les autres en font. Et si tout le monde hésite, on peut en parler. Et puis en rire.

CRAVATE (tirer un homme par la)

Avant : on ne tirait pas un homme par sa cravate.

Maintenant : on ne tire toujours pas un homme par sa cravate, sauf si c'est pour faire l'amour avec lui.

…toutes les crêpes cuisinées devront être mangées.

CRÊPES (faire des)

AVANT : quand on était Breton ou en vacances, on en mangeait pour se nourrir. Tous les ans, à la Chandeleur, le 2 février, on fêtait la présentation de Jésus au Temple, même si on ne savait pas du tout de quoi il était question. À ces fins, on faisait sauter des crêpes chez soi, normalement en gardant une pièce de 1 franc dans la main gauche, si on voulait bien faire les choses. Ça portait bonheur.

MAINTENANT : quand on invite les amis à une crêpe party, on apprend d'abord à faire des crêpes. On ne sert pas des crêpes de froment avec du salé, ni des galettes de sarrasin avec du sucré. On calcule à peu près combien il faut en faire, sachant qu'en général on est vite rassasié. Et on n'apporte pas des flots de crêpes à des gens qui visiblement n'en peuvent plus, et de toute manière jamais en criant : « Faut finir ! » Le cidre brut est de rigueur. Mais on peut en avoir pris du doux pour les enfants, de façon à ce que les estomacs les plus fragiles soient épargnés.

CROYANT (comportement avec un)

AVANT : on respectait la foi des autres.

MAINTENANT : on respecte la foi de Bob, même si Bob ne va jamais à l'église et croit qu'une nef est un vieil avion.

CUNNILINGUS (refuser de pratiquer un)

AVANT : si on ne voulait pas, on ne faisait pas.

MAINTENANT : la bonne éducation voudrait que, si un homme rechigne à pratiquer un cunnilingus, il ait la courtoisie de ne pas se vautrer, quelques instants plus tard, les jambes écartées, en attente des plaisirs et délices de la fellation. Toutefois, si tout le monde est d'accord, ce genre de déséquilibre peut être envisagé. Dans tous les cas, l'homme ne prend pas un air dégoûté à la simple idée de pratiquer un cunnilingus. On ne doit jamais renvoyer une image dégradante du corps de l'autre.

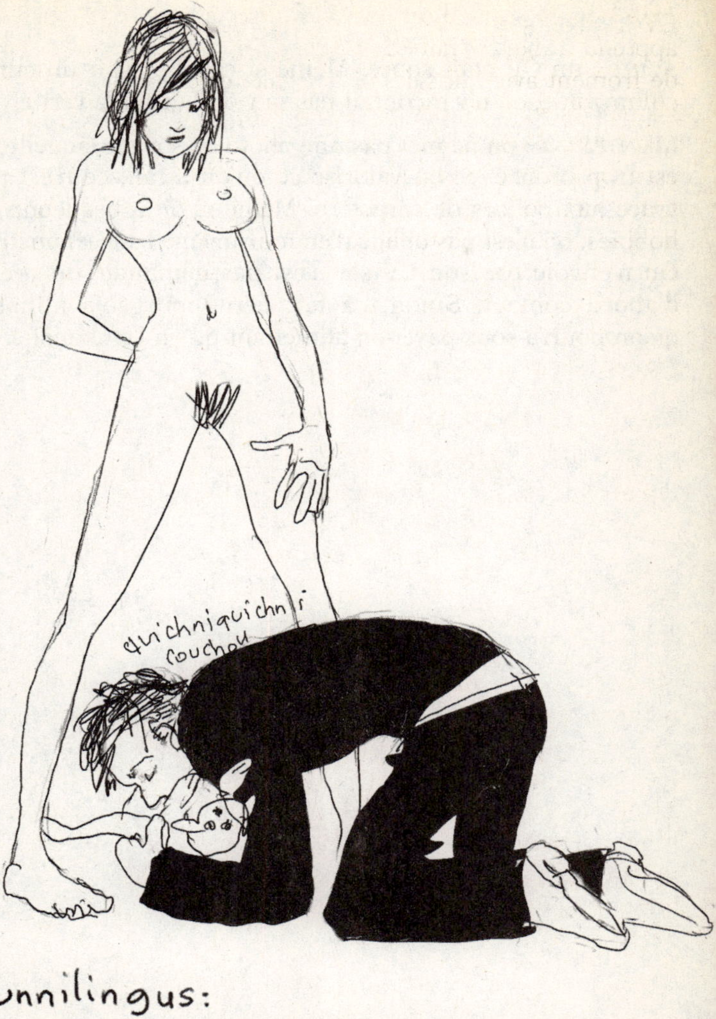

Cunnilingus :
on a le droit de lui préférer son chat.

CV (rédiger son)

Avant : un CV était sobre. Même si ça s'appelait un curriculum vitae, on n'y racontait pas sa vie. Il disait la vérité.

Maintenant : on ne met pas une photo de soi sur laquelle on est trop bronzé. Si on valorise ce qu'on a fait, ce n'est pas grâce aux polices de caractère. Même si on a beaucoup de hobbies, on n'est pas obligé d'en fournir une liste exhaustive. On n'envoie pas son CV s'il n'est pas demandé, on prend d'abord contact. Sinon, ça fait petit bourgeois minable qu'on-pourra-sous-payer-en-admettant-qu'on-l'embauche.

D

Ddd

DÉCÈS (apprendre fortuitement un)

AVANT : si on apprenait le décès soudain de quelqu'un, on appelait un proche du défunt et on lui prodiguait des paroles chaleureuses, mais on ne se mêlait pas de contacter tout le monde pour propager la nouvelle.

MAINTENANT : si un proche du défunt nous demande, à nous, de prévenir tout le monde que X est mort, on ne se précipite pas dans le rôle qu'on veut nous faire jouer. On aide la personne dans l'affliction, on peut prévenir quelques personnes, mais on n'occupe aucune position absurde.

DÉCÈS (fleurs après un)

AVANT : avant le départ du convoi (une heure avant, ou pile pendant), on faisait envoyer des fleurs, soit à l'église, soit à la morgue, sauf si la famille avait spécifié dans le faire-part ou le journal que c'était « sans fleurs ni couronnes ». Un envoi collectif était reconnaissable au fait que la gerbe avait un ruban et une inscription. Les fleurs étaient rouges, ou mauves. Si le défunt était jeune, elles étaient roses ou

Couronne: le choix du texte est aussi décisif que le choix des fleurs.

blanches. La famille du défunt remerciait les gens pour les fleurs quand ceux-ci présentaient leurs condoléances. Si elle y pensait.

Maintenant : tout se passe de la même manière. On peut aussi, dans le cimetière, venir avec sa propre rose et la jeter sur le cercueil. Si une personne, munie d'un panier, distribue des fleurs au cimetière, afin que chacun puisse en jeter une sur le cercueil, on n'emporte pas la fleur chez soi, même si c'est en souvenir du mort, même si c'est un camélia magnifique et que c'est con de le laisser mourir loin de toute vie.

DÉCORATION (fêter une)

Avant : on n'organisait pas un dîner pour fêter une décoration. D'ailleurs, il ne s'agissait pas de quelque chose qu'on avait obtenu, mais de quelque chose qu'on méritait. Donc, un pince-fesses avec coupe de champagne suffisait.

Maintenant : on n'organise pas la fiesta du siècle parce que le président de la République nous a fait chevalier des Arts et des Lettres. Et la décoration remise, on n'en parle plus à personne, même si on la porte.

DÉCORATIONS (remise de)

Avant : la décoration était remise de façon solennelle par une autorité militaire ou civile. Chez les militaires, une prise d'armes avait lieu et un parrain se tenait un peu en retrait du militaire qu'on décorait. Chez les civils, la cérémonie pouvait être plus happy few.

Maintenant : si la légion d'honneur est remise à Bob, on n'arpente pas tout le pince-fesses en disant que tout ça est grotesque. On n'insiste pas non plus sur le fait que, pour obtenir la légion d'honneur, il faut l'avoir demandée, ou bien l'avoir vivement acceptée. On fait honneur, justement, à la fierté de Bob, en allant jusqu'à le féliciter, et on y met le moins d'ironie possible.

DÉCORATIONS (port de)

Avant : le port des décorations était facultatif si on était en habit de ville, et systématique si on était en uniforme. En habit, on pouvait les porter en modèle réduit sur le revers (gauche) de l'habit en question, qu'on soit un homme ou une femme (la femme accrochant la décoration sur sa robe).

Bien décorée ne veut pas dire nécessairement "m'as-tu vue?"

MAINTENANT : il est de très mauvais goût de porter de fausses décorations si c'est dans un milieu qui confère à ces dernières une signification.

DÉJEUNER (heure pour)

AVANT : on fixait une heure précise et l'autre s'y tenait. On essayait que ce ne soit jamais 14 heures. Quoi qu'il arrive, à 15 heures, on était parti.

MAINTENANT : le matin même, il est très sympathique d'appeler la personne avec qui on doit déjeuner pour re-checker le lieu et rappeler combien on se fait une fête à l'idée de ce moment privilégié. On n'appelle pas à 13 h 15 pour dire : « J'arrive ! », si ça veut juste dire : « Je prends ma voiture à l'instant. » On n'appelle pas non plus à 13 h 30 avec son portable pour dire qu'on ne trouve pas de place.

DÉJEUNER (invitation à)

AVANT : si on invitait quelqu'un à déjeuner, on cherchait un endroit facile d'accès pour cette personne.

MAINTENANT : si quelqu'un vous invite à déjeuner, vous ne lui faites pas traverser Paris.

DÉJEUNER (quoi servir lors d'un)

AVANT : on offrait des choses légères et le café était servi sans sommation juste après le repas, pour éviter les assoupissements digestifs et redonner à tout le monde le coup de fouet nécessaire à la poursuite de la journée.

MAINTENANT : on met tout sur la table, et chacun se sert.

un dèj décontract' ne veut pas dire : se foutre de la gueule du monde.

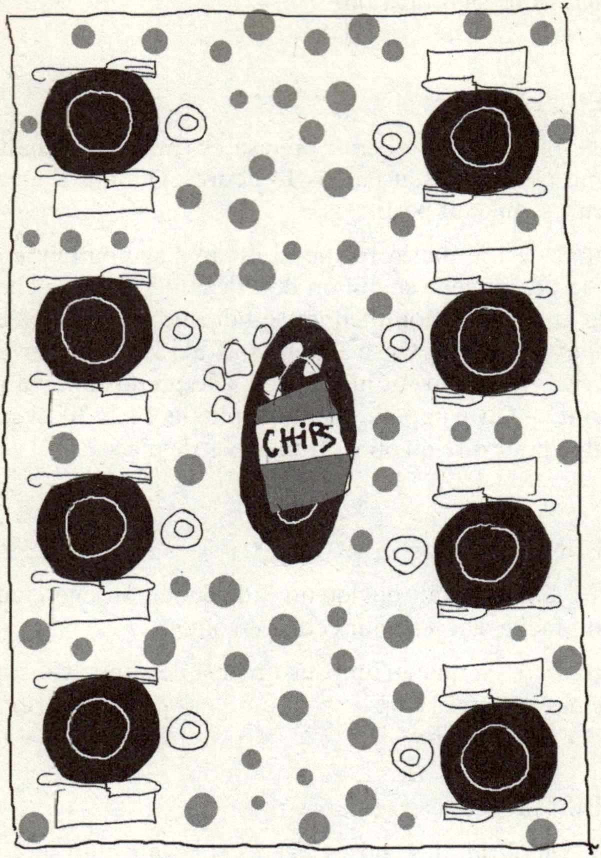

DÉODORANT (utiliser un)

AVANT : celui qui ne mettait pas de déodorant sentait bon quand même. Quitte à se laver souvent sous les bras dans les toilettes du bureau.

MAINTENANT : celui qui met un déodorant ne doit pas sentir le déodorant. Et déodorant ou pas, il doit aller vérifier vers le milieu de l'après-midi que le produit est toujours actif, quitte à aller se laver sous les bras dans les toilettes du bureau, sans renverser d'eau par terre. On vérifie que son déodorant ne laisse pas de grandes auréoles blanches sur les vêtements.

DÉODORANT (attitude avec quelqu'un qui ne met pas de)

AVANT : si c'était une personne de petite condition, exerçant un harassant travail physique, on trouvait ça normal, et on se comportait comme si tout était dans l'ordre.

MAINTENANT : si on connaît bien la personne, on peut, EN PLAISANTANT AVEC BIENVEILLANCE, lui dire qu'elle daube un max. Mais une seule fois, comme si elle sentait là par accident.

DÉPUTÉ (comment appeler un)

AVANT : on l'appelait Monsieur le Député ou Madame (sans rien après) quand on lui parlait, et Monsieur le Député ou Madame le Député quand on le présentait.

MAINTENANT : on peut dire juste Monsieur ou Madame. Le fait que cette personne soit dépendante de nous pour sa réélection ne nous autorise pas une familiarité outrancière, même si elle porte des chaussures à semelles de crêpe.

DÉSORDRE (la question du)

AVANT : on avait une maison bien tenue.

MAINTENANT : un certain désordre peut mettre les autres à l'aise. À condition qu'il ne soit pas la conséquence d'un manque d'hygiène. Quel que soit le désordre autorisé, en aucun cas on ne doit trouver dans une maison :

- un savon avec des poils dessus ;
- un slip jeté dans un coin de la salle de bain, et mis sur l'envers ;
- une boîte de suppositoires trop visible dans le frigo ;
- un vase nauséabond ;
- une serviette mouillée pour s'essuyer les mains ;
- des pots d'épices poisseux ;
- une corbeille de fruits avec des fruits moisis ;
- une odeur louche.

DESSERVIR (savoir)

AVANT : on ne nettoyait pas les assiettes devant les convives. On les empilait à la hâte et on les emportait à la cuisine où on avait tout le boulot à faire, mais on le ferait plus tard, car ce n'était pas poli d'abandonner ses invités.

MAINTENANT : à un moment, quand les assiettes autour de la table sont à peu près vides, on fait mine de se lever. Parmi les autres femmes présentes à ce dîner, certaines ne manquent pas d'en faire autant pour nous aider. On proteste (mollement). Parmi ces personnes qui nous aident, beaucoup ne connaissent pas la règle de savoir-vivre qui dit qu'on ne doit pas nettoyer les assiettes devant les convives. Donc, elles commettent l'erreur à notre place. On ne le leur signifie pas, bien entendu : on ne doit jamais avoir le manque de tact de signifier aux autres le leur. Ainsi nos assiettes parviennent-elles nettoyées à la cuisine.

DEUIL (durée du)

AVANT : le grand deuil, où on était en noir et où on n'allait pas danser du tout, durait un an si le mari était le mort. Et seulement neuf mois si la femme était la morte. Mais les périodes de deuil étaient si longues que, dans les années cinquante, déjà plus personne ne les respectait.

MAINTENANT : pendant les quelques mois qui suivent un décès, on considère les proches du défunt comme en deuil, donc on est extrêmement gentil avec eux. On ne les force à rien. Et s'ils parlent du défunt, on ne leur dit pas qu'il faudrait peut-être tourner la page. On appelle régulièrement pour prendre de leurs nouvelles et donner des nôtres, même s'ils sont un peu ralentis et mélancoliques. On ne laisse pas tomber les autres sous prétexte qu'ils sont moins enjoués qu'avant. Parce que c'est ça, le deuil.

DEUIL (tenue de)

Avant : on était en noir, ou en gris foncé. Ou bien on accrochait au revers de son veston, comme une légion d'honneur, une petite barrette noire qui indiquait la situation.

Maintenant : on n'est pas tenu de s'habiller en noir, ni même en gris. Personne ne songerait, alors qu'on a perdu un proche, à nous maintenir ainsi de force la tête dans le passé.

on peut être en deuil et moderne.

DÎNER (heure du)

AVANT : quand on disait 20 h 30, c'était 20 h 30.

MAINTENANT : quand on dit 21 heures, c'est 21 heures, parce que sinon ça va commencer à faire tard.

DÎNER (invitations pour un)

AVANT : on lançait les invitations bien à l'avance.

MAINTENANT : pareil. Si on veut vraiment bien faire, on passe un coup de fil aux gens pour les inviter, puis on confirme en envoyant un petit mot ou un mail avec rappel du jour, de l'heure et de l'adresse. En revanche, celui qui reçoit cette invitation n'a pas à envoyer à son tour une confirmation, sinon on n'en sort pas. On n'appelle pas non plus le jour J pour savoir si ça tient toujours. On n'invite pas quelqu'un à dîner devant une personne qu'on n'invite pas. Si quelqu'un organise un dîner devant nous, on ne dit pas : « Je peux venir ? ». Si on n'est pas invité à un dîner où il y aura pourtant notre bande, on n'appelle pas la maîtresse de maison le jour même en faisant la grosse lourde qui tente d'arracher une invit' au débotté. Si Bob n'a pas pu venir au dernier moment (scène de ménage, film à la télé, soirée mieux ailleurs...), on prie la maîtresse de maison de l'excuser, mais cela n'exclut pas que Bob appelle lui-même pour se confondre en excuses.

DIPLOMATIE (quand faire preuve de)

AVANT : dans une conversation, on ne disait pas à quelqu'un : « Ce que vous dites est complètement faux ! », « Écoutez, ne me prenez pas pour un idiot ! », ou « À d'autres ! » mais : « Je comprends ce que vous voulez dire, toutefois moi je vois les choses différemment », même si la personne se payait ouvertement notre tête.

MAINTENANT : si quelqu'un nous fonce dans le lard, on le laisse seul avec son agression à laquelle on oppose une bonhomie un peu désolée et altruiste. Bref, on reste neutre, même si c'est clair que, au-dedans de soi, on se paie ouvertement la tête de l'autre.

DIVORCE (attitude quand on)

AVANT : on ne se livrait pas à tout va. Si un ami refusait d'écrire un témoignage à charge contre notre époux, on ne lui en voulait pas. On ne disait pas aux enfants combien leur père était un gros enfoiré.

MAINTENANT : si Papa est parti et que c'est avec Ricardo, on n'explique pas aux enfants qu'il faut appeler un chat un chat et que papa est une tapiotte avec le cul en tapioca. On ne fait pas non plus comme si c'était normal que Papa soit parti avec Ricardo.

DIVORCE (réaction face à un)

AVANT : on parlait de mésentente entre époux, et aussi d'échec conjugal. On essayait de ne pas juger trop mal celui qui avait quitté le domicile conjugal.

MAINTENANT : on ne juge pas. On ne fait pas le go-between. On dit qu'un divorce n'est pas une catastrophe.

DJ (attitude avec un)

AVANT : si on demandait au disc-jockey de passer une chanson qu'on aimait, c'était une requête, pas un ordre. Il n'était pas à notre service. Dans une soirée, on n'allait pas de soi-même changer la musique, même s'il était flagrant que la maîtresse de maison avait un goût de chiotte.

Le bon DJ cherche un titre.

Le mauvais DJ cherche ses disques.

MAINTENANT : le DJ est une vedette. On ne lui demande de passer aucun titre en particulier, sauf s'il est connu pour savoir parfaitement remixer Gino Paoli, et encore, il n'est peut-être pas dans le mood de le faire. C'est lui qui décide. Si on n'aime pas son ambiance musicale, on se casse. Il est poli de consacrer quelques minutes à regarder mixer le DJ, et il est archi poli de lui demander ce qu'il vient de passer, sauf si on le lui demande tout le temps. En général, si lui aussi est poli, il montre la pochette du vinyle en question et reprend ses activités. Sinon, c'est une tête de con et on n'achètera pas sa compilation.

DOIGT (juste un)

AVANT : si, tandis qu'on s'apprêtait à servir un whisky à quelqu'un, ce quelqu'un précisait : « Juste un doigt », on pensait à lui proposer d'autres boissons.

MAINTENANT : si quelqu'un demande un « doigt » de whisky, on remplit quand même un peu son verre, on ne fait pas comme s'il n'en voulait vraiment qu'un doigt.

DORADE (manger une)

AVANT : on fendait le dos du poisson de la tête à la queue, en utilisant évidemment les couverts à poisson. Puis on levait les filets et on les mangeait.

MAINTENANT : dans un poisson, on se débrouille pour que ce que l'on ne mange pas ne fasse pas un gros tas dégueu dans l'assiette avec les œufs ou les machins gris et mous du poisson en évidence.

DORMIR (inviter des gens à rester)

AVANT : si on avait une chambre d'amis, le problème était réglé. Dans le cas contraire, on se devait de donner une chambre aux invités s'il s'agissait d'un couple. Éventuellement, on cédait sa propre chambre et on s'installait dans la chambre des enfants ou dans le salon, en prétextant que ça ne pôsait aucun problème. Le lendemain, on avait le teint frais et pas de courbatures. Éventuellement, on avait pris sa douche aux aurores et la salle de bain était libre. Si cette dernière était équipée d'un ballon d'eau chaude, on attendait que les invités se soient lavés avant de prendre stoïquement une douche froide.

MAINTENANT : on prête sa chambre sans discuter. Toutefois, si les gens insistent pour dormir dans le salon, on finit par se plier à leur désir. Certaines personnes passeraient une très mauvaise nuit à l'idée d'avoir volé un lit. Donc, en tant qu'hôte, on doit faire l'impossible pour que, finalement, les invités soient à l'aise, même si être à l'aise pour eux, c'est se

Règlement des douches communes:

on n'allume pas la douche avec son cul.

on ne rince pas son cul devant tout le monde.

on ne prend pas sa douche avec une amie.

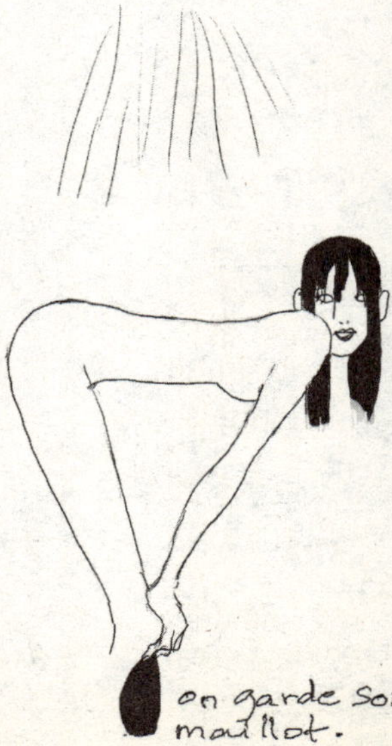

on garde son maillot.

retrouver tête-bêche dans le canapé. Pour l'eau, la règle n'a pas changé.

DOUCHES COMMUNES (se comporter dans les)

AVANT : si la douche était commune, on n'y restait pas des heures sous prétexte que l'eau était gratuite, sauf si on était seule dedans. On ne faisait pas ses soins cheveux. On ne retirait pas son maillot pour le rincer.

MAINTENANT : on ne se savonne pas copieusement la zone génitale sous une douche commune. On ne prend pas des poses à forte connotation sexuelle pour rincer la zone génitale, sauf si, par mégarde, on l'a copieusement savonnée sous le maillot et qu'il faut donc bien la rincer. On ne fait pas pipi dans une douche commune. On ne fait pas pommeau commun avec une amie sous une douche commune. Chacun son pommeau, c'est le minimum.

DRAP (souiller un)

AVANT : chez des gens, si on salissait le drap, on la bouclait.

MAINTENANT : si on salit son drap, on l'enlève du lit, et on le porte nous-mêmes dans la machine à laver ou dans la corbeille de linge sale. Même si on est professeur à l'École pratique des Hautes Études, on ne fouille pas dans la corbeille à linge sale pour se faire une idée sociologique de la vie de la maisonnée.

DRAPS (enlever les)

AVANT : quand on était invité à dormir chez des gens, on laissait le lit en état le jour du départ, avec la couverture vaguement remontée.

MAINTENANT : la femme de ménage n'est pas votre bonne. Le jour du départ, on enlève les draps et on les met en tas au pied du lit. En aucun cas on ne fait son lit en quittant la chambre ce jour-là. Faute gravissime, entrant dans la législation des impairs de catégorie 9.

E

ÉBRIÉTÉ (état d')

AVANT : même saoul, on gardait une certaine contenance, pour ainsi dire.

MAINTENANT : on fait croire qu'on est pompette, surtout si les autres le sont. Et, *a contrario*, on dissimule son ébriété si on a encore les moyens de se rendre compte que les autres ne sont pas saouls. Sombrer dans un état de complète ébriété est envisageable. Toutefois, doivent se peindre sur notre visage tous les stigmates de la plus pure innocence. On est le premier étonné de l'état dans lequel on est.

ÉCHANGISTE (s'éclipser dès le début d'une soirée)

AVANT : on se levait et on saluait tout le monde après le dessert avec un maximum de courtoisie, comme si de rien n'était, attitude également adoptée par ceux qu'on laissait sur place.

MAINTENANT : on se lève. Surtout, on ne dit pas : « Bon, ben, nous, on va y aller. Hein, Bob ? » On part la queue basse, c'est tout. C'est nous qui devons être gênés de ne pas rester. Du

Ébriété : savoir se tenir.

moins, c'est ce qu'on fait croire, par souci de ne pas humilier les autres.

ÉCHANGISTE (éconduire un homme dans une boîte)

Avant : si les mains d'un homme se posaient sur notre sexe, on les déplaçait poliment vers le sexe d'une autre personne. Tout le monde comprenait.

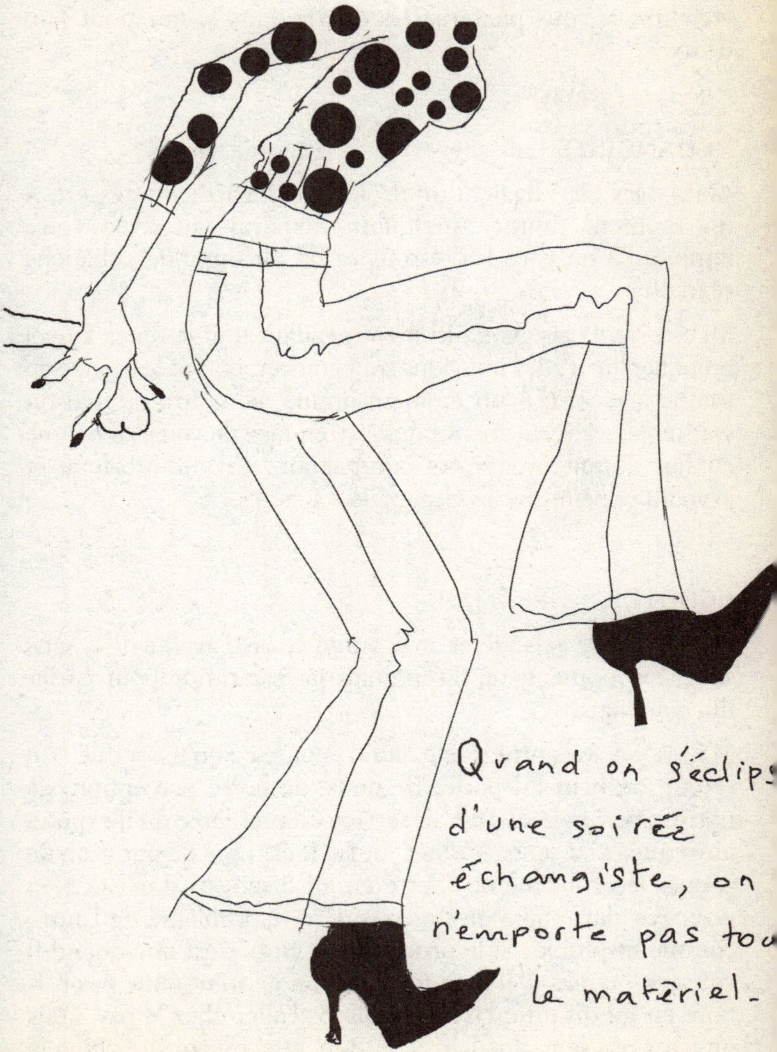
Quand on s'éclips
d'une soirée
échangiste, on
n'emporte pas tou
le matériel.

MAINTENANT : si les mains d'un homme se posent sur notre sexe, on sursaute, et on recule. Les boîtes échangistes sont tellement à la mode qu'elles drainent de plus en plus de voyeurs, et vous passerez les doigts dans le nez pour l'un d'eux.

ÉCHANGISTE (comment reconnaître une soirée)

AVANT : les gens avaient un drôle d'air à partir du dessert. À un moment donné, quelqu'un disparaissait avec votre femme. Là où vous les retrouviez, la plus grande débauche régnait.

MAINTENANT : les gens racontent pendant tout le dîner à quel point la plupart des individus sont coincés, et tout le monde en tombe d'accord. À un moment donné, le maître de maison vous enlace amicalement tandis qu'en face de vous, sa femme en fait autant avec votre compagnon. Un air lubrique et avenant se peint sur les visages de vos hôtes.

ÉCOUTER (savoir)

AVANT : l'autre existait, et on écoutait ce qu'il avait à dire, sans saisir les moments où il reprenait sa respiration pour parler illico de nous.

MAINTENANT : l'autre existe, et on écoute ce qu'il a à dire. En retour, on peut lui parler de nous, de notre perception, de notre expérience, si c'est au service du problème qu'il expose, ainsi que LE RÉSULTAT D'UNE ÉCOUTE. Il est hors de question de zapper le problème de l'autre en lui disant qu'il existe bien pire. Pas davantage on ne considère le problème de l'autre comme insoluble. Si le problème de Bob, c'est que quand il voit des « tantes », il a un furoncle, on ne solutionne pas l'affaire en lui disant qu'il ferait mieux d'aller chez le psy. Mais on n'est pas non plus le psy de Bob, et si on voit très bien le lien entre tante et fur(eur)-oncle, à peine le fait-on remarquer.

ÉGOCENTRIQUE (attitude devant un)

AVANT : on ne faisait pas remarquer à l'égocentrique qu'il l'était, sauf si c'était notre enfant. Éventuellement, on affichait envers cet égocentrique une certaine indifférence.

MAINTENANT : on ne fait pas remarquer ses problèmes à quelqu'un. Si on se retrouve face à un égocentrique, on ne se paie pas sa tête, c'est un malade. Donc, on montre un petit peu de tolérance.

ÉGOCENTRISME (pondérer son)

AVANT : on ne ramenait pas tout à soi.

MAINTENANT : quand on parle de soi, c'est pour inciter l'autre à parler de lui. On lui montre que l'échange est possible.

ENFANT (donner un prénom à un)

AVANT : un prénom, c'était pour la vie. Dans les familles catholiques, on donnait comme deuxième prénom Marie suivi de celui de la marraine ou du parrain.

MAINTENANT : on réfléchit à si le prénom est portable. Si une amie nous a dit : « Moi, si j'ai un enfant, je l'appelle Anatole », on ne s'empresse pas de lui piquer son idée. Si un prénom

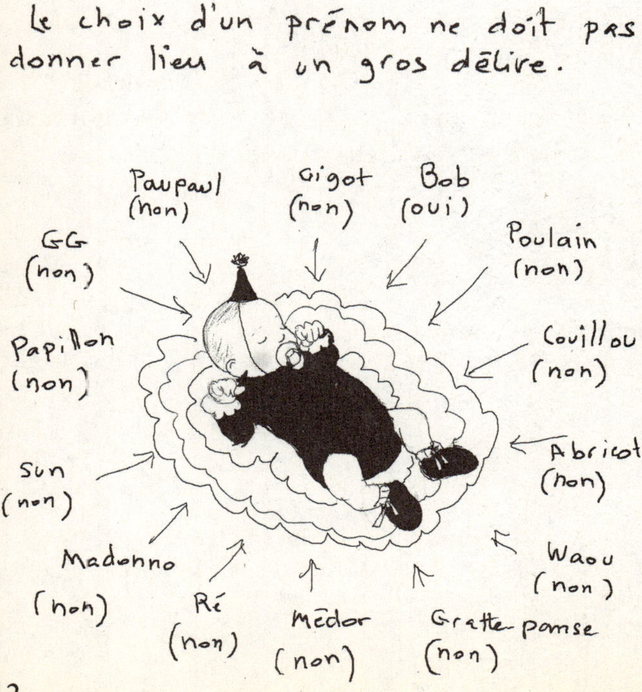

nécessite une explication : « Pol, P-O-L, ça vient de Bretagne », on ne donne pas l'explication à chaque fois. On laisse les gens découvrir, quand ils auront à le faire, et s'ils ont à le faire, toute l'originalité dont on a fait preuve.

ENFANT (parler avec un)

AVANT : on vouvoyait un enfant qu'on ne connaissait pas, et on l'appelait par son prénom, comme si on était devant une « vraie petite personne ».

MAINTENANT : on fait compliment à un enfant de ses belles chaussures quand on le rencontre pour la première fois. Si on le tutoie, on l'engage à en faire autant avec nous. Si un enfant est monstrueusement laid, on s'intéresse quand même à lui. De même si l'enfant est la progéniture de parfaits crétins.

ÉPANCHER (s')

AVANT : de même on écoutait celui qui s'épanchait, de même on ne s'épanchait pas.

MAINTENANT : on ne se met pas en tête de profiter des thérapies des amis en analyse pour éclaircir nos problèmes. On n'appelle pas les gens uniquement quand on a besoin de parler, mais au moins une fois sur deux pour prendre de leurs nouvelles, même si on pense avoir l'air idiot de poser une question aussi stupide.

ESCALIER (monter un)

AVANT : la femme était devant pour la montée (au cas où elle tomberait). L'homme était devant pour la descente (au cas où la femme tomberait).

MAINTENANT : si on avance côte à côte, on ne laisse pas la femme marcher à l'endroit où les marches sont les plus étroites.

ESSAYAGE (cabine d')

AVANT : on tirait soigneusement la porte ou le rideau quand on essayait un vêtement. C'était personnel. On ne regardait pas la vendeuse qui nous plaçait les seins dans le bonnet comme une terrifiante obsédée, même si en général c'en était en effet une. On ne s'en prenait pas à la vendeuse si le vêtement était mal coupé. On sortait de la cabine avec les vêtements dans la main, même ceux qu'on ne prenait pas.

MAINTENANT : on ne court pas en culotte dans la boutique. Éventuellement, on peut courir pieds nus. On n'arpente pas la boutique dans une robe qu'on n'est pas sûre d'acheter à la recherche d'une robe mieux. Dans les boutiques pas chères, on remet sur cintre les vêtements qu'on ne prend pas. On a les dessous de bras propres quand on essaie une blouse ou un pull. Si la cabine est une cabine commune, on n'inspecte pas en détail le corps des autres. On ne colle pas la dame en soutien-gorge en attendant qu'elle repose sur le portant la robe qu'on veut essayer. On ne s'envoie pas en l'air dans les cabines des grands magasins.

ÉTAT (secrétaire d')

AVANT : on l'appelait « Monsieur le Ministre », ou « Madame la Ministre », et on lui parlait à la deuxième personne du pluriel.

MAINTENANT : on ne fait pas ostensiblement sentir que c'est moins qu'un ministre. Aucune ironie, et ce jusque dans la façon de prononcer les mots « Monsieur le Ministre ».

ÉVÊQUE (comportement avec un)

AVANT : même si c'est lui qui baptisait Bobby, on n'offrait pas d'argent à un évêque. Si on voulait lui faire un cadeau, on allait vers la place Saint-Sulpice, dans les boutiques du culte, et on lui dégotait un beau ciboire, ou tout autre ustensile servant à dire la messe.

Maintenant : on n'offre toujours pas d'argent à un évêque, mais si c'est un ami, un cousin, ou vraiment un chic type, on peut essayer, après la cérémonie, de faire comme s'il n'était pas évêque, ce qui lui fera grand plaisir. Surtout si on prend soin de tout de même le regarder avec une grande considération, subjugué.

ÉVÊQUE (comment parler à un évêque)

Avant : on l'appelait « Votre Excellence » ou « Monseigneur » quand on s'adressait à lui, et « Son Excellence » ou « Monseigneur » quand on le présentait. On s'adressait à lui à la deuxième personne du pluriel.

Maintenant : la règle est inchangée. On ne demande pas à un évêque pourquoi les prêtres ne peuvent pas se marier, ni pourquoi le pape condamne les préservatifs, ni pourquoi les croisés ont voulu imposer leur foutue religion à d'autres cultures, ni pourquoi le Vatican possède tout Rome, ni pourquoi c'est mal de pratiquer une fellation. On ne fait pas peser sur un évêque, sous prétexte qu'il a une casquette de gradé, le poids de la culpabilité du lourd règlement de son établissement. Tortiller dans ses doigts l'écharpe d'un évêque est bien sûr un impair de catégorie 9.

EXPRESSIONS (mauvaises)

Avant : on ne disait ni « Au plaisir ! », ni « À la revoyure ! », ni « ce midi », ni « ceci dit », ni « je m'en rappelle », ni « tu viens tantôt ? », ni « arrête, tu manges de trop », ni « je m'excuse », ni « moi, j'y vais en vélo », ni « moi, je vais au coiffeur », ni « et si on partait à Rome ? », ni « tu es revenu sur Paris depuis quand ? ».

Maintenant : on peut dire ce qu'on veut, si c'est posé qu'on parle au deuxième degré, et qu'on fait la faute à dessein.

Ff

FAIM (avoir)

Avant : même si on avait faim, on ne se jetait sur aucun aliment. Tout ce qui se mangeait devait être regardé et traité avec une infinie délicatesse.

Maintenant : on ne s'assoit pas à table en s'exclamant : « Je crève la dalle ! » Contrairement à ce que pensent certains, cela ne rend en rien hommage au repas qu'on va prendre.

FAMILLE (déjeuner de)

Avant : on ne faisait pas la tête à un déjeuner de famille.

Maintenant : de temps en temps, on va à un déjeuner de famille. On évite les sujets qui fâchent. Si tous les sujets fâchent, on évite malgré tout le silence. On complimente la tribu, même si ça nous coûte. On n'est pas là pour régler le fait que notre mère a toujours fait une différence entre ses enfants. Ce qui, si on y réfléchit, est bien normal. Mais ça non plus, on ne le dit pas. On n'aborde pas le sujet. Si quelqu'un l'aborde, on fuit par une pirouette légère. Légère est le mot. Donc pas de vannes, même si l'occasion est à portée de fiel.

FAMILLE (comportement avec la belle-)

Avant : on vouvoyait son beau-père, même s'il nous tutoyait. On ne lui tapait pas dans le dos, même si on l'avait aidé à tondre la pelouse. Quant à la belle-mère : on ne se prenait pas le bec avec elle. Quoi qu'il nous en coûtât.

Maintenant : si le beau-père nous tutoie, c'est mal perçu de le vouvoyer en retour. Il pourrait y voir une certaine froideur de notre part. On n'instaure pas une complicité avec le beau-père sur le dos de la belle-mère. Toutefois, il est bien perçu de valoriser le beau-père en tant qu'homme, sans que ça passe pour de la drague patentée. Donc, il s'agit de trouver la bonne distance, entre le respect et une certaine séduction. On ne dit pas à M. Guez qu'il est « d'la baise » sous prétexte que ce soir son épouse a la migraine. Quant à la belle-mère : même si on fait amie amie avec la Guez, on n'oublie pas qu'on n'est pas son enfant. En conséquence de quoi, on ne se formalise pas si elle ne prend pas notre parti en cas de conflit. Bref, ça n'est pas une confidente à qui on raconte que, quand Bob jouit, il crie « Mummy ! ».

FANTASMES (évoquer ses)

Avant : on ne demandait pas à l'autre s'il avait des fantasmes.

Maintenant : on n'oblige pas l'autre à avouer qu'il en a, ni à révéler lesquels s'il n'en a pas envie. On peut même faire comme si ça existait, des gens sans fantasmes, et ne pas immédiatement parler de Freud et de Lacan.

Diplomatie avec la belle-famille.

On ne profite pas de sa jeunesse pour embobiner le beau-père.

FATIGUÉ (bâiller quand on est)

AVANT : quand on bâillait, on mettait sa main devant sa bouche, qu'on n'ouvrait jamais. On se contentait d'étirer le visage, éventuellement en écartant les narines pour faire passer l'air, sans que personne ne se rende compte de rien.

MAINTENANT : si quelqu'un bâille en dissimulant son bâillement et que ça nous donne envie de bâiller, alors on doit bâiller, nous aussi, en dissimulant notre bâillement. Si quelqu'un bâille pendant qu'on parle, on ne lui dit pas : « Ça t'intéresse pas, c'que j'dis ? » Si c'est la maîtresse de maison, on n'allume pas une nouvelle cigarette. On comprend que la soirée tire sur sa fin, même si on a encore des choses à dire.

FELLATION (parler de)

AVANT : on n'en parlait pas.

MAINTENANT : même si en parler met parfois l'ambiance, on ne fait pas de cette évocation notre *running gag*.

FELLATION (demander une)

AVANT : l'homme qui souhaitait que sa partenaire s'intéresse à sa zone génitale trouvait une solution pour que cette initiative ait l'air d'être prise de part et d'autre. Il fallait que ça semble une géniale idée commune. On y mettait de l'entregent. On ne prenait pas la tête de sa partenaire pour la mener sur zone. Si la partenaire n'allait pas sur zone, on n'insistait pas.

MAINTENANT : on attend d'avoir embrassé quelqu'un avant de lui demander une pipe, sauf dans le cas où on est dans un club échangiste. On demande une pipe seulement s'il est clair que la partenaire a préalablement fixé d'un œil lubrique la zone en question.

Fatigue :
quand on bâille on met sa main devant sa bouche, surtout quand on a une grosse langue.

FELLATION (comment refuser de recevoir une)

AVANT : l'homme reculait le bassin jusqu'à se retrouver calé contre le mur. Il pouvait aussi s'accroupir d'un geste vif en faisant mine de s'intéresser aux genoux de la partenaire. En aucun cas, il ne faisait « non » du doigt.

MAINTENANT : l'homme ne remonte pas son caleçon sans explication. Il n'attend pas que soient lancées les prémices de la fellation s'il compte fuir l'attraction, car la partenaire pourrait penser qu'elle s'y est juste mal prise. Il fait mine de préférer embrasser la partenaire sur la bouche, comme dans le feuilleton *Amour, Gloire et Beauté*.

FELLATION (comportement de la femme lors d'une)

AVANT : on s'appliquait. Si on était une bonne hôtesse, on ne cachait pas son visage sous une masse de cheveux. On ne mordait rien.

MAINTENANT : on peut mordiller mais il faut qu'il soit clair, avant, que c'est « fait exprès », et non pas dû à un manque d'égards. On ne se focalise pas sur l'extrémité du pénis comme si c'était le grand concours espagnol de la dévoration de la Chupa Chups. On n'oblige pas l'homme à adopter une position invraisemblable.

FELLATION (comment refuser de pratiquer une)

AVANT : si l'homme attirait l'attention vers sa braguette, nous pas comprendre. Si l'homme collait sa braguette sur notre nez, nous pas comprendre.

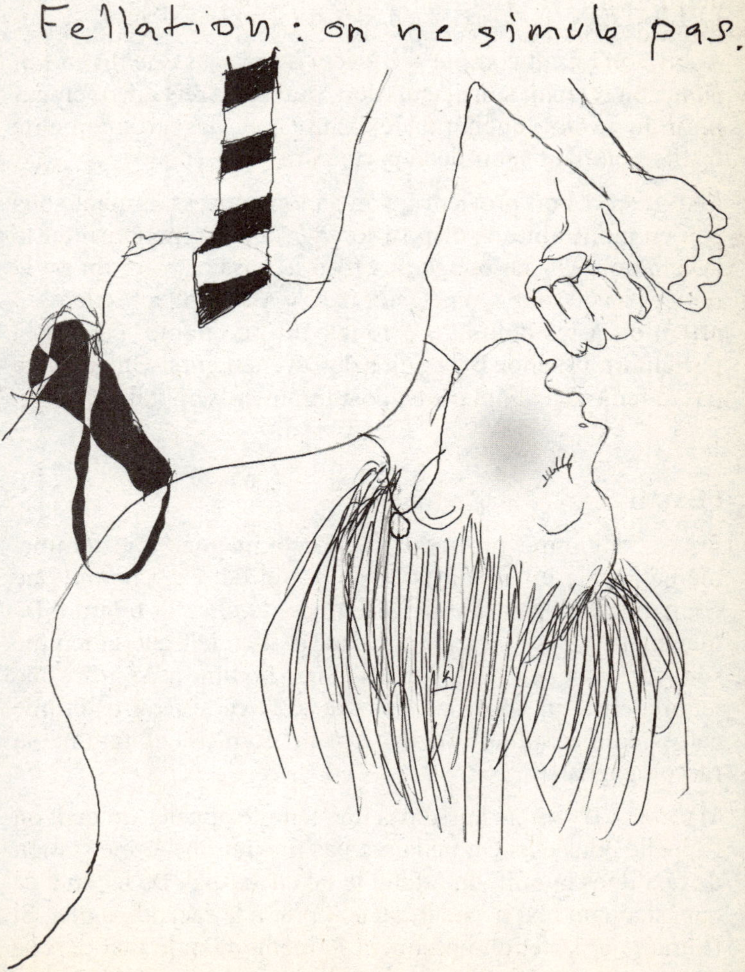

MAINTENANT : on n'invente pas une excuse psy, surtout si elle a trait au lait et aux grumeaux. On ne dit pas « oui » pour dire « non » aussitôt l'objet goûté. Le plus important : le refus sans appel ne doit pas être accompagné d'une moue horrifiée.

FELLATION (comportement de l'homme lors d'une)

AVANT : on faisait comme si cet acte n'était pas une fin en soi. Donc, on retenait son éjaculation, sauf si un réel engouement pour le nectar enchanté, exprimé par des grognements festifs, semblait venir de la partenaire.

MAINTENANT : on prévient qu'on va jouir incessamment sous peu en montrant une disposition à éventuellement arrêter là la fellation. On ne bouge pas trop le bassin, voire on ne le bouge pas du tout. On ne geint pas : « Attention à tes dents... attention à tes dents ! » à tout bout de champ. C'est à la partenaire de choisir la suite des événements. On n'oblige pas la femme à adopter une position invraisemblable.

FEMME (raccompagner une)

AVANT : l'homme proposait de raccompagner une femme, même si cela lui faisait faire un grand détour. L'homme ne coupait pas le moteur arrivé en bas de chez la femme. De même, il ne faisait aucun créneau. Il attendait que la femme soit entrée chez elle pour repartir. Si un homme avait attiré une femme chez lui, avait fait l'amour avec cette femme, et que cette femme voulait regagner son domicile, l'homme la raccompagnait.

MAINTENANT : on ne laisse pas une femme appeler un taxi, on l'appelle pour elle. On ne laisse pas une femme à une station de taxi dans la nuit, on attend le taxi avec elle. De façon à ce que, si aucun taxi ne vient, on soit prêt à la raccompagner. Si l'homme et la femme prennent le même taxi, le taxi dépose d'abord la femme, et c'est l'homme qui paie, même si la femme propose de partager.

FÊTE (venir accompagné/e à une)

AVANT : si l'invitation était valable pour deux, on pouvait venir avec une personne du sexe opposé.

MAINTENANT : on peut venir avec une personne du même sexe. Mais si c'est juste pour montrer à notre meilleure pote la tronche de Windsor en vrai, c'est très malvenu. Les gens qui invitent, même s'ils sont connus ou importants, ne sont pas des bêtes curieuses. Ou, du moins, si on veut vraiment montrer la tronche qu'ils ont, ils ne doivent rien percevoir de notre manœuvre.

FIANCÉ (appeler un garçon « mon »)

AVANT : si une femme appelait un homme « mon fiancé », c'était qu'il l'avait demandée en mariage. Et qu'elle avait accepté.

MAINTENANT : si une femme appelle un homme « mon fiancé », ce n'est en aucun cas pour exercer sur l'homme une pression sociale. Ni pour abuser une personne âgée.

FIANCÉE (appeler une fille « ma »)

AVANT : si un homme appelait une femme « ma fiancée », c'était qu'il allait l'épouser.

MAINTENANT : si un homme appelle une femme « ma fiancée », ce n'est en aucun cas pour la différencier d'autres filles avec qui l'on sort.

FLEURS (recevoir des)

AVANT : même si c'était bien naturel qu'on ait pensé à nous offrir des fleurs, on montrait quand même sa joie.

MAINTENANT : quand on reçoit un bouquet, on ne le pose pas dans un coin en oubliant de le mettre dans l'eau. On ne le laisse pas non plus toute la soirée dans l'évier plein d'eau en oubliant de trouver un vase. Même si le bouquet est composé et ficelé, on peut libérer les fleurs, et recomposer le bouquet de façon plus aérée, voire, en coupant quelques tiges, sauf si c'est pour les ratiboiser sans tenir compte du prix que ça a coûté. L'important est de continuer de parler avec les invités pendant ce temps.

FLEURS (apporter des)

Avant : quand on allait dîner chez quelqu'un, on faisait porter des fleurs à notre hôte dans la journée, pour faire honneur à sa maison. Ou, un peu moins chic, mais chic quand même, on envoyait des fleurs le lendemain. Pour remercier. Plutôt que de les avoir apportées le soir même, au risque d'avoir

forcé la maîtresse de maison à chercher un vase, alors qu'elle avait ses invités à accueillir.

MAINTENANT : vu le nombre de gens qui viennent sans fleurs, c'est déjà pas mal d'avoir pensé à en apporter. On évite les bouquets cheap bourrés de fougères, et on évite la gerbe de tournesols d'1,70 mètre de haut, au cas où la maîtresse de maison n'aurait pas un vase assez grand. Si on a une rose seule, on la tient à la main, sans emballage, et c'est posé qu'on l'a coupé sur un de nos rosiers. S'il peut y avoir le doute qu'on l'ait volée dans un jardin public, on oublie l'idée.

FOOTBALL (regarder du)

AVANT : on n'imposait pas aux autres notre goût pour le football, si eux-mêmes ne se sentaient pas très attirés par cette discipline.

MAINTENANT : on n'impose pas aux autres notre dégoût du football, et on ne dit pas aux amateurs que courir après un ballon est déjà très con, mais que regarder des gens courir, là, on touche à la psychiatrie.

FOOTING (faire du)

AVANT : quand quelqu'un courait, on ne lui demandait pas l'heure.

MAINTENANT : on ne fonce pas dans les gens sous prétexte qu'on court. Quand deux coureurs se croisent et risquent d'entrer en collision, les deux se déplacent légèrement, il n'y en a pas un qui fait la loi.

FOUETTER (réaction face à quelqu'un qui veut se faire)

AVANT : si on refusait et partait en courant, on n'emportait pas le fouet. Le fait d'être scandalisé ne dispensait pas d'une certaine élégance. On ne riait pas si on voyait que le duc de Barre pensait sérieusement qu'on allait le fouetter en lui reprochant de ne pas avoir rangé son cartable. On ne racontait pas à tout le monde que le duc de Barre aimait se faire fouetter, surtout si on lui avait refusé ce petit plaisir.

MAINTENANT : on peut éclater de rire si Bob veut se faire fouetter avec toutes ses cravates club à la fois, et on peut même dédramatiser en le racontant à quelques amis, toujours en présence de Bob, pour montrer aux autres que, si c'était une vraie perversion, on n'en parlerait pas aussi ouvertement.

FRANCHISE (quand parler avec)

AVANT : si la franchise consistait à dire que le plat n'était pas bon, on s'abstenait. Même les catholiques autorisaient les mensonges, si c'était pour se montrer agréable à quelqu'un. L'Église appelait cela : les mensonges joyeux.

MAINTENANT : quand une personne est célèbre, lui balancer les réserves qu'on a sur son talent la première fois qu'on la rencontre est un impair de catégorie 9.

FROMAGE (se servir du)

AVANT : quand on se servait d'un fromage non pas rond, mais long, on n'essayait pas de le rendre le plus carré possible. Au contraire, on se coupait des bouts dans la longueur, en prenant son lot de croûte au passage. Ensuite, une fois le fromage dans l'assiette, on le brisait avec son couteau et on posait chaque brisure à tour de rôle sur un bout de pain, au moyen d'un couteau. On ne se servait pas une assiette de fromage trop copieuse, comme si l'appétit n'avait pas été contenté.

MAINTENANT : on ne mange pas la croûte du voisin sous prétexte que c'est le meilleur. On ne fait aucun commentaire sur l'odeur des fromages, encore moins sur les conséquences que cette odeur pourra éventuellement avoir sur l'haleine. Quand on sert un plateau de fromages, ceux-ci proviennent de chez le fromager plutôt que du rayon sous vide. Présenter un seul fromage sur la table est possible, à condition qu'il s'agisse d'un bon gros fromage rond dans sa boîte en bois, ou bien une variété rare. Si c'est pour mettre un bloc de roquefort Société, abstenez-vous.

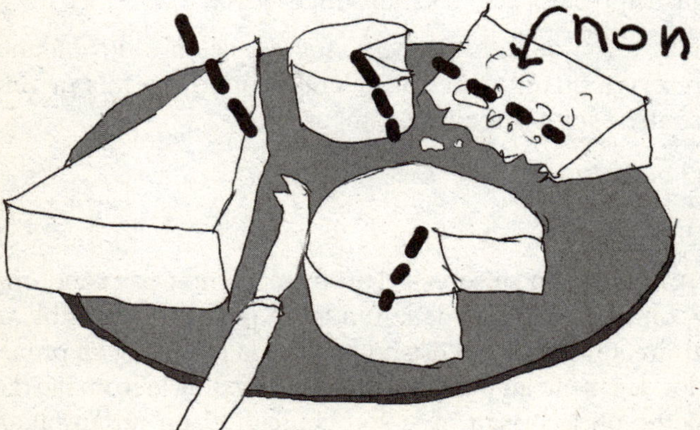

Fromage : l'important, c'est la coupe.

G

GARDIENNE (comportement avec sa)

Avant : une distance était de mise. On la pourvoyait en étrennes à la nouvelle année. On la vouvoyait. On l'appelait Madame Jouniot. On lui évitait tout travail supplémentaire. On frappait et on attendait qu'elle ouvre avant d'entrer dans la loge. On évitait de salir les communs avec nos chaussures mouillées. Dès qu'on lui demandait un service, on lui glissait un petit billet. On lui laissait le double des clefs. Quand on emménageait dans un nouvel appartement, on offrait à la nouvelle gardienne un dixième environ du loyer annuel. Quand on avait une réflexion à lui faire, on la lui faisait, avec courtoisie. Si elle se permettait une allusion sur notre vie privée, on fuyait l'allusion, toujours avec courtoisie, sans lui dire qu'on n'avait pas élevé les cochons ensemble. Bref, on n'entrait ni en fusion ni en conflit avec sa gardienne.

Maintenant : à part la somme à donner en arrivant, devenue obsolète (vu le prix des loyers d'aujourd'hui), toutes les règles demeurent. Si un courant de sympathie passe, et qu'on en vient à l'appeler par son prénom, on propose qu'elle aussi nous appelle par notre prénom. De même, si on se prend à la tutoyer, on lui propose de faire de même avec nous. Si elle n'y parvient pas, on retourne au vouvoiement. Et même si c'est une vraie conne qui fait la loi dans l'immeuble, on a encore recours à la bonne vieille courtoisie.

GARGOUILLIS (émettre des)

AVANT : on essayait de les retenir, tout en sachant que c'était le meilleur moyen de les voir abonder en rafales.

MAINTENANT : on ne se tape pas sur le ventre quand ce dernier fait du bruit. Quand c'est le cas, on ne traduit pas : « Tiens, il a faim ! », comme si la tour de contrôle venait de nous communiquer une information. On ne siffle pas pour couvrir l'incident. On assume, sans commentaires, l'indépendance du corps. Mais, en faisant mine d'entériner le droit à l'autonomie de notre organisme, on s'efforce, en cachette, de maîtriser le peu qu'on arrive à maîtriser.

GÉNÉRALE (payer la tournée)

AVANT : quand quelqu'un payait la tournée, on payait la tournée à notre tour juste après. Si on payait la tournée, on demandait à chacun ce qu'il voulait, on n'imposait pas une Suze générale.

MAINTENANT : une fille ne paie pas la tournée, sauf si c'est Calamity Jane et qu'elle sait boire cul sec.

GÈNES (implication des)

AVANT : on ne disait pas à tout bout de champ que tout ça était héréditaire, que c'était pas notre faute.

MAINTENANT : on ne dit pas à tout bout de champ que tout ça est génétique, qu'on n'y peut rien.

Pendant un gargouillis.
air gêné (non
siffler (non)
assumer (oui)

GOÛTER (avoir envie de)

AVANT : on ne goûtait pas le plat des autres et, de même, on ne goûtait pas les aliments que la maîtresse de maison était en train de préparer.

MAINTENANT : on ne pioche pas dans la salade en passant devant, même si c'est en vantant son côté croquant. On ne mange pas le pain avant le repas sous prétexte de le goûter. On demande aux gens avant de piocher dans leur assiette. Si on le fait, c'est avec notre propre fourchette. On ne dit pas : « Tu les manges pas, tes ravioles ? », avec l'intention qui fait le larron.

GOÛTER (faire)

AVANT : même si un des convives louchait sur notre plat avec convoitise, on ne lui proposait pas de goûter.

MAINTENANT : si un des convives louche sur notre plat avec convoitise, et si on lui propose de goûter (alors qu'on vient de voir supra que c'était mal poli), on attend sa réponse avant de pousser notre assiette vers lui. Par ailleurs, on n'oblige pas quelqu'un à goûter notre plat. On ne se sent pas personnellement humilié si l'autre n'est pas tenté par notre choix alimentaire.

GOUVERNANTE (parler à sa)

AVANT : on ne posait pas un billet de 10 francs sur la commode pour voir si elle allait le prendre ou pas. Si on lui laissait une liste avec ce qu'elle devait faire, on n'y ajoutait pas des remontrances sur le travail de la fois dernière. On disait ces choses de vive voix. S'il fallait arrondir la somme, c'était à l'avantage de la personne qu'on rémunérait. On ne lui disait pas d'un air soupçonneux qu'on ne retrouvait plus notre bracelet en or, on lui lançait au contraire d'un ton enjoué : « Si vous retrouvez mon bracelet en or, posez-le sur la commode. Merci ! »

MAINTENANT : on ne tutoie pas la femme de ménage sous prétexte qu'elle comprend mieux ainsi.

GUÊPE (réaction face à une)

AVANT : on ne chassait pas la guêpe en l'envoyant vers le voisin.

MAINTENANT : si quelqu'un a peur d'une vulgaire guêpe, on ne dit pas : « La petite bête ne mangera pas la grosse », on respecte sa peur.

H

HABILLER (réception en plein jour, comment s')

Avant : dans une réception officielle pendant la journée, l'homme était en jaquette, en chemise (blanche), en pantalon à rayures, avec une cravate grise. Les chaussures étaient noires, jamais vernies. La femme portait une robe (jamais longue), de couleur fraîche, avec un manteau assorti (lui aussi court) + chapeau + gants.

Maintenant : rien qui fasse endimanché, même si c'est un dimanche. Le chic, avec une certaine nonchalance.

HABILLÉE (soirée)

Avant : dans les soirées semi-officielles et les bals, s'il était précisé « *black tie* », l'homme venait en smoking, chemise blanche, nœud pap sombre (plutôt dans les bleus), chaussures noires, pas forcément vernies ; la femme en robe habillée, mais courte. S'il était précisé « cravate blanche », l'homme portait une queue de pie, une chemise blanche à plastron, un nœud pap et des gants blancs, des chaussures noires ; la femme une robe longue très très très habillée.

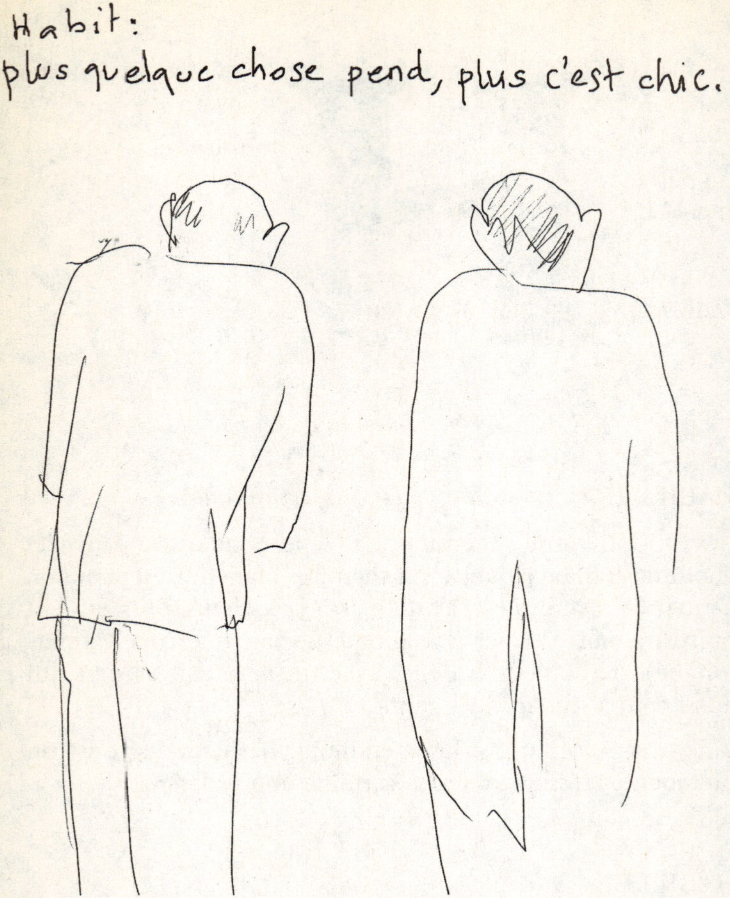

MAINTENANT : on peut suivre la vieille règle, on ne sera pas ridicule. Toutefois, si on décide de ne pas suivre la vieille règle, *Le Savoir-vivre efficace et moderne* conseille à l'homme d'avoir dans sa poche, au cas où, ET un nœud pap ET une cravate. Oui, ça coule de source, sauf que personne ne le fait.

HALEINE (soigner son)

AVANT : on ne se mettait pas sous le nez de quelqu'un pour lui parler. Même si on s'était brossé les dents avant.

MAINTENANT : on ne se met pas sous le nez de quelqu'un pour lui parler, même et surtout si on mâche un chewing-gum à la menthe.

HAMMAM (aller au)

AVANT : quand on allait au hammam, on se faisait tout petit. C'était pour l'hygiène du corps et de l'esprit.

MAINTENANT : avant de proposer à quelqu'un de venir au hammam, on attend de bien le connaître. Car il peut se sentir acculé à dire oui, pour ne pas passer pour coincé, alors qu'il n'a pas envie de nous montrer son corps nu. Une fois sur place, on ne scrute pas le corps des autres, qu'il soit particulièrement splendide ou particulièrement repoussant. On ne jacasse pas dans les salles les plus chaudes. On n'apporte pas 78 000 produits de beauté, surtout s'ils sentent autre chose que l'eucalyptus. Ni ses Choco BN. On boit du thé à la menthe, et si on a faim, on achète les gâteaux locaux.

HARO ! (crier)

AVANT : on ne faisait de personne un bouc émissaire ou une tête de Turc. On ne hurlait pas avec les loups.

MAINTENANT : si on est la petite amie de Bob, on ne laisse pas tout un groupe le critiquer en son absence.

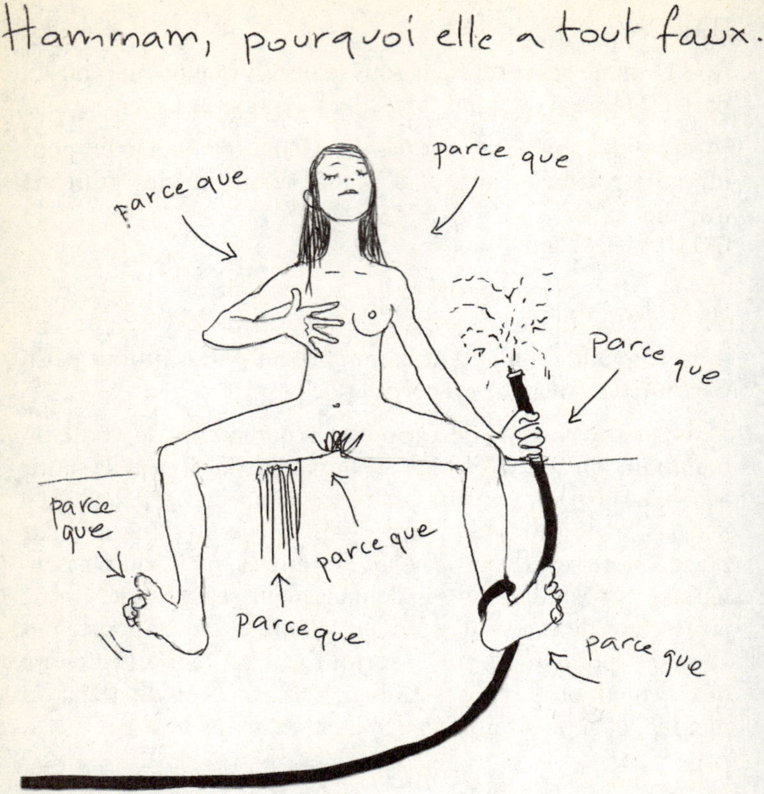

HÉLICOPTÈRE (prendre l')

AVANT : quand on prenait l'hélicoptère, on ne gigotait pas sur son siège.

MAINTENANT : si, pour aller d'Athènes à l'île de Paros, on a les moyens de prendre l'hélicoptère, on s'exécute discrètement, sans humilier ceux qui vont se taper les six heures de ferry.

HOLÀ ! (mettre le)

Avant : on ne sermonnait pas les enfants des autres.

Maintenant : on ne fait la leçon à personne, même pas à des adultes. Plus on est chef, moins on se permet de gueuler.

HOMMASSE (qualifier une femme d')

Avant : si, en vieillissant, la duchesse avait de plus en plus d'hormones mâles et prenait une voix de débardeur des Halles, on continuait de lui parler comme si elle était la grâce personnifiée.

Maintenant : on ne fait pas courir le bruit qu'une femme est lesbienne uniquement parce qu'elle est un peu masculine.

On ne gigote pas dans un hélicoptère, même si c'est un Bristol 173.

HOMME (raccompagner un)

Avant : une femme ne raccompagnait pas un homme, sauf s'il était en possession de fabuleuses estampes japonaises qu'il voulait lui montrer.

Maintenant : si la femme qui raccompagne l'homme est fatiguée, l'homme propose de conduire à sa place. On ne demande pas à une femme, après un dîner qu'on a organisé : 1) où elle habite, 2) par où elle passe pour rentrer, 3) si elle peut déposer Machin. Et ce, même si on a l'intention de marier cette femme et Machin. Par ailleurs, arrivée en bas du domicile de l'homme, la femme ne se tord pas le cou à regarder l'immeuble de l'homme, dévorée de curiosité, en lui demandant quel est son balcon, avec l'air de dire que s'il y a par là-haut des estampes japonaises, c'est pas de refus.

HOMME (quand on est une femme, inviter un)

Avant : si une femme invitait un homme, c'était qu'elle était au moins ministre de l'Intérieur.

Maintenant : normalement, la femme n'invite pas l'homme. Sauf dans les cas suivants :

- Il est fauché.
- C'est son père.
- C'est son filleul.
- C'est son assistant.
- C'est un futur gros client.
- C'est quelqu'un qu'elle va licencier.
- C'est quelqu'un à qui elle vient de demander un service.
- Elle a dit : « On partage », et il a accepté. Le chic du chic est alors de proposer à l'homme mal éduqué de carrément l'inviter.

si une femme raccompagne un homme,
c'est qu'elle a un véhicule.

HOMME (parfum d')

AVANT : un homme n'embaumait pas.

MAINTENANT : un homme n'embaume pas. La règle avec un homme : plus on s'en approche, plus il sent bon. Et pas l'inverse.

HÔPITAL (comportement à l')

AVANT : on se laissait entièrement faire par le corps hospitalier. Avant de quitter l'hôpital, on faisait un petit cadeau aux infirmières qui s'étaient occupées de nous. Jamais de pourboire ! On parlait, sans la saouler, à la personne qui partageait notre chambre. Même si elle était couverte de bandages.

MAINTENANT : on respecte la fatigue du voisin de chambre. Ce n'est pas parce que nous on va mieux et qu'on a plein de visites que ce malheureux doit partager notre nouvelle énergie. Avec infirmiers et médecins, on reste (dans la mesure du possible) adulte, on ne s'infantilise pas totalement. Mais si l'infirmière veut nous infantiliser et nous propose un sucre d'orge, on ne se vexe pas. Si notre cas exige qu'on doive se mettre en position dégradante, pour que l'infirmière puisse mieux voir et donc mieux soigner : on l'accepte avec une lueur d'humour.

HÔPITAL (aller voir quelqu'un à l')

AVANT : on venait au moment des visites, avec des fleurs ou des bonbons, et on ne restait pas trop longtemps. On sortait au moment des soins.

MAINTENANT : on ne vient pas pour parler de soi. On ne vient pas pour se taire. On ne vient pas pour se plaindre. On ne vient pas pour montrer sa peur. On ne vient pas pour être venu au moins une fois. On ne vient pas pour pouvoir dire à notre psy qu'on est venu. On ne vient pas pour deux minutes.

À l'hôpital, on est attentif aux autres.

On ne vient pas frimer avec son bronzage. On sort pendant les soins, et en revenant dans la chambre, on ne dit pas tout ce qu'on a vu passer dans le couloir. Si le malade est fatigué, on le sent. Mais si on s'ennuie, on ne prétexte pas que le malade a l'air fatigué pour prendre la poudre d'escampette.

HORREUR (film d')

Avant : on ne le montrait pas aux enfants.

Maintenant : on n'oblige pas un adulte à regarder un film d'horreur si rien que l'idée lui fait peur.

HORS-LA-LOI (considérer quelqu'un comme un)

Avant : on ne considérait pas comme hors-la-loi toute personne qui ne la respectait pas scrupuleusement. Même si on était le président de la copropriété, on ne jetait pas l'opprobre sur le voisin au motif qu'il garait son vélo dans la cour. De même, on n'était pas le flic de la rue. On n'avait pas à examiner comment les gens font les créneaux et s'ils touchaient les véhicules déjà garés. Sauf si l'un des deux véhicules nous appartenait.

Maintenant : ce n'est pas parce que Bob est mis en examen qu'il sera condamné. On en tient compte.

HÔTEL (bruits dans un)

Avant : on ne criait pas dans la chambre, on ne claquait pas les portes de sa chambre, on ne faisait pas couler un bain à 3 heures du matin, on ne sautait pas sur les lits pour jouer à les faire grincer, on ne tenait pas des réunions dans les couloirs.

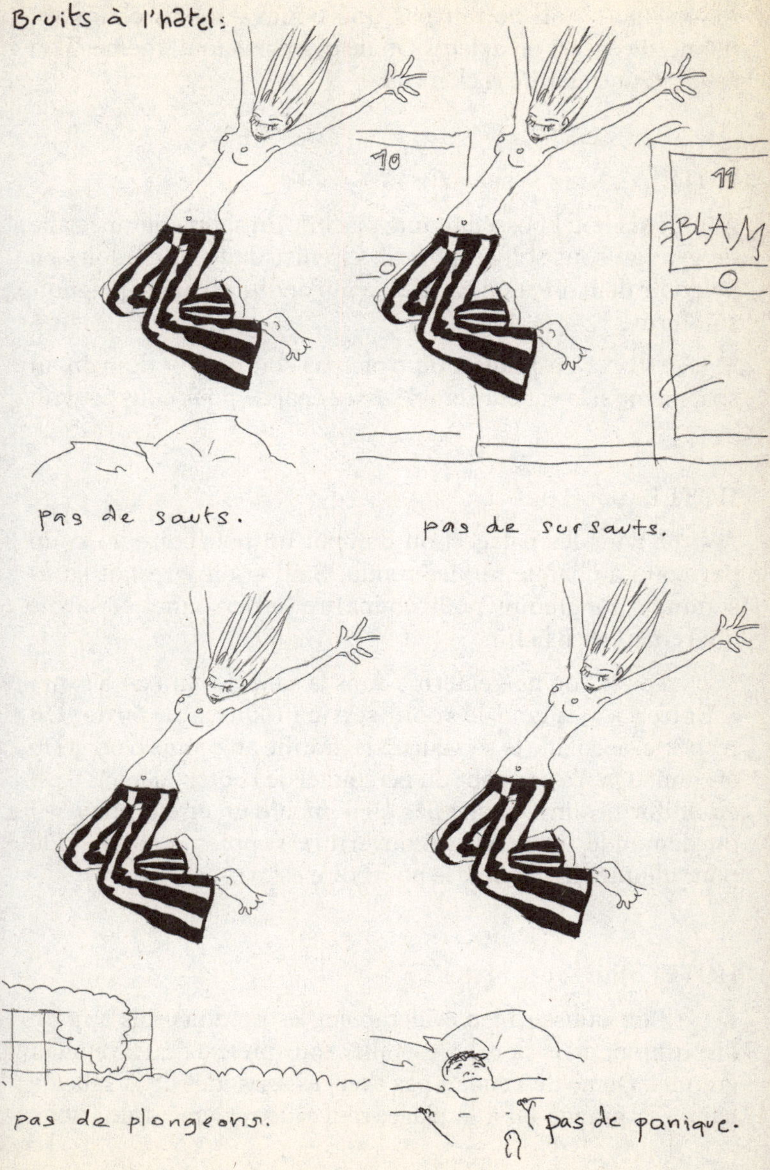
Bruits à l'hôtel:
10
11
SBLAM
pas de sauts.
pas de sursauts.
pas de plongeons.
pas de panique.

MAINTENANT : on ne fait pas une boum dans sa chambre, même si ce n'est qu'à deux. On ne casse pas tout, même si on est avec une star de rock'n roll.

HÔTEL (gagner le spa dans un)

AVANT : si l'hôtel possédait une piscine, un sauna ou une salle de gym au sous-sol, on pouvait circuler dans les couloirs en peignoir de bain et en savates, à la condition que le peignoir soit fermé.

MAINTENANT : en France, on n'ôte pas son maillot de bain au spa, même si la vapeur semble assez épaisse pour nous couvrir.

HÔTEL (pourboire dans un)

AVANT : dans les palaces, on donnait un pourboire au coup par coup à chaque service rendu. Sauf si on y restait suffisamment longtemps pour connaître le personnel et savoir qui remercier à la fin.

MAINTENANT : on ne s'enferme dans la salle de bain en disant : « Entrez ! », quand le room service toque à la porte. On respecte, accueille le serveur, et le gratifie au moins d'un geste avenant. On n'a pas peur du personnel de l'hôtel, même s'il est en uniforme, on n'oublie pas qu'il s'agit d'un être humain. Si on demande un service (couverture supplémentaire, aide pour allumer la clim…), le pourboire est d'usage.

HÔTEL (utiliser le matos de l')

AVANT : on utilisait bien évidemment les produits mis à notre disposition, mais sans les gaspiller sous prétexte qu'ils étaient gratuits. On ne descendait pas avec les serviettes de la salle de bain à la piscine ou à la plage, sauf si le règlement de l'hôtel

On ne prend pas le concierje de l'hôtel pour un con.

nous y invitait. On ne quittait pas l'hôtel avec le peignoir estampillé Martinez dans le fond de notre valise.

MAINTENANT : si, au moment où on règle l'addition, on voit que l'hôtel a porté sur la note un peignoir estampillé Martinez, on ne fait pas un scandale. On vérifie que, par un vieux réflexe régressif, on ne l'aurait pas, par hasard, glissé dans notre valise.

HUMILIATION (infliger une)

AVANT : on n'humiliait jamais l'autre. On lui laissait toujours une porte de sortie. On ne faisait pas de réflexions désobligeantes à son compagnon devant témoins. On ne prenait pas son chef à défaut devant le président-directeur général. On ne se moquait pas du physique de quelqu'un.

MAINTENANT : si on profère une vacherie, on s'en excuse aussitôt en prenant sur soi tout le poids de la faute, jusqu'à ce que l'autre passe l'éponge sur cet impair de catégorie 9.

HYGIÈNE (soigner son)

AVANT : en plus de sa toilette quotidienne, il était conseillé de prendre AUSSI des bains et des douches.

MAINTENANT : si on prend son bain ou sa douche le soir, on pense à faire AUSSI une toilette ponctuelle le matin.

HYSTÉRIE (parler d')

AVANT : on évitait de parler d'hystérie, sauf si on était psychiatre.

MAINTENANT : on ne traite pas d'hystérique toute femme en colère.

Ii

IDIOTIE (comment réagir quand quelqu'un dit une)

Avant : quand quelqu'un disait une idiotie, on ne le lui faisait pas remarquer, sauf si on était sur un plateau de télévision où là, c'était regardé par des millions de gens, donc il fallait rétablir la vérité.

Maintenant : chez un particulier, quand quelqu'un dit une idiotie, on tente de lui montrer où il se trompe, sans haine. Si c'est sur un plateau de télévision, on laisse pisser. On ne peut pas lutter. L'idée du *Savoir-vivre efficace et moderne* est de prendre alors la mine la plus ahurie possible, sans aller jusqu'au mépris.

IMPÔTS (comment parler de ses)

Avant : on ne parlait pas d'argent, donc on ne parlait pas d'impôts.

Maintenant : si notre imposition nous semble exorbitante, on a la décence de ne pas donner de chiffre et de ne pas expliquer à tout va qu'on est étranglé par le système fiscal. Car même sans savoir compter, notre auditoire peut très vite évaluer le

Idiotie :
quand quelqu'un est crétin, je ne dis rien.

montant de nos revenus annuels, donc mensuels, donc trouver un peu fort de café qu'on ose se plaindre. Il est bon signe de payer beaucoup d'impôts.

IMPROVISTE (débarquer chez les gens à l')

Avant : on ne déboulait pas chez les gens à l'heure du repas. On ne braillait pas sous leur balcon. On ne toquait pas à leur fenêtre avec des chants radieux. On ne téléphonait pas pour dire : « On est en bas ».

Maintenant : on peut passer chez des amis un peu avant l'heure du repas si on est chargé d'un lourd panier à provisions, avec du céleri frais qui dépasse. Il est posé qu'on s'apprête à manger chez soi et que donc, on n'a pas prévu de taper l'incruste.

IMPROVISTE (gens qui débarquent à l')

Avant : même si les invités dérangeaient, on affichait un vif plaisir à leur vue. Et pour leur signifier qu'ils ne devaient pas non plus prendre racine, on n'avait pas grand-chose à leur dire.

Maintenant : on accueille les gens avec effusion et, dans la mesure du possible, on modifie pour eux notre emploi du temps, on leur propose de les y intégrer. Si cela n'est pas possible, si par exemple on était sur le point d'aller faire une grosse sieste, on leur propose de les retrouver ensuite pour montrer qu'on ne fuit pas leur présence. En revanche, leur proposer de « repasser » est un impair de catégorie 9.

INCINÉRATION (assister à une)

Avant : au crématorium, on avait la même attitude que celle, recueillie, qu'on aurait eue dans une église.

Maintenant : même si l'endroit nous semble une parodie à la fois d'église et d'hôpital, on respecte le mal de chien que s'est donné l'administration du cimetière pour que tout ça ait quand même un petit côté solennel. Si le défunt ou sa famille a choisi une bande-son un peu curieuse (« Je veux être un homme heureux », « Dis, quand reviendras-tu ? », « *Papa was a Rolling Stone* », etc.) on entre et sort du crémato comme si le tempo était celui de la 9e de Beethoven. Si on patiente à l'extérieur pendant la crémation, on ne scrute pas la fumée qui sort. Et même si tout ça s'éternise (si on peut dire), on ne s'avachit pas sur un banc en bâillant au soleil.

INJURES (proférer des)

Avant : on n'insultait personne. Mais si on le faisait, c'était par un trait d'esprit lapidaire et d'une rare acuité.

Maintenant : il est injurieux d'imiter l'accent étranger de quelqu'un pour se payer sa tête. De même, de prendre l'accent pied-noir pour parler d'argent. De même, de prendre l'accent portugais pour évoquer le statut de domestique. Parmi les injures courantes, on n'utilise rien qui parle de race (« Tu fouettes ta race ! »). Rien qui parle de caca. Rien qui parle de pédés. Ou sinon, c'est très très méchant. Alors que ça devait juste être injurieux.

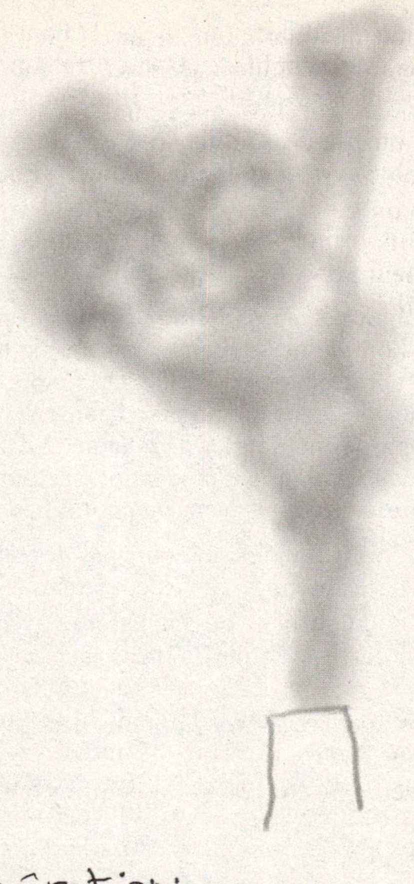

Incinération:

quelle que soit la forme que revêt la fumée, on ne fait aucun commentaire.

INJURES (recevoir des)

Avant : si quelqu'un disait ne serait-ce que le bout du début d'une chose qui nous semblait bord cadre, on pouvait prévenir cette personne que là, elle nous insultait.

Maintenant : si on est insulté, on lève un sourcil, et on répond par un trait d'esprit lapidaire et d'une rare acuité.

INTÉRIEUR (souliers d')

Avant : on ne traînait pas en pantoufles, même avec armoiries brodées. Un homme ne se mettait pas en pantoufles si son épouse était encore en tenue de ville. On n'emportait pas ses pantoufles chez des gens quand on partait en week-end. On n'empruntait pas les pantoufles de quelqu'un d'autre. On ne traînait pas pieds nus dans ses mocassins, surtout avec un peignoir. On ne traînait pas des pieds en pantoufles.

Maintenant : si on traîne, ce n'est toujours pas des pieds, c'est pieds nus. Si on a des pantoufles, ça ne peut jamais être :

• Des semelles de cuir cousues à des chaussettes avec un gros fil de laine, et un cortège de petits Incas jacquard par là-dessus.

• Des charentaises modernes avec la brebis dessinée sur un pied et le berger sur l'autre.

• Des pantoufles en cuir comme si on était encore un tout petit enfant.

En revanche, ça peut être :

• Des ballerines de danseuse, à condition qu'elles soient portées sans chaussettes.

• Des babouches marocaines, à condition qu'elles soient à notre taille.

• Des tongs, à condition qu'elles soient propres.

le code des chaussons:
Je baise pas
Je baise pas
Avant, je baisais.
Je veux baiser
Je baise
Baise-moi (si tu oses)
Bises
Baisons tous ensemble

La porte a un code.

Quand on ne sait plus où l'on a mis le code des gens chez qui on va, on se remet en question.

INVITÉ (mémoriser le code quand on est)

AVANT : il n'y avait pas de code.

MAINTENANT : quand une personne donne son code, on le note. On ne part pas du principe qu'il suffira de passer un coup de fil quand on sera en bas de chez elle. C'est ce qui s'appelle : la moindre des politesses.

INVITÉ (prendre un bain quand on est)

AVANT : on se lavait. Et après, on rinçait la baignoire.

MAINTENANT : même si on ne se lave pas et que le bain est un simple et bref moment de détente, on rince tout de même la baignoire. On ne part pas du principe que quelqu'un d'autre va le faire, et cela prévaut même dans une maison pourvue d'une domesticité. On ne vide pas d'office l'huile de bain Guerlain la plus chère dans notre bain. On n'utilise pas le gant de crin de nos hôtes. On ne met pas non plus leur serviette par terre en tapis de bain, surtout si c'est pour la replacer après sur son portant. On ne monopolise pas la salle de bain.

Voir au dos. →

Gentiment invitée, elle ne sait pas se conduire:

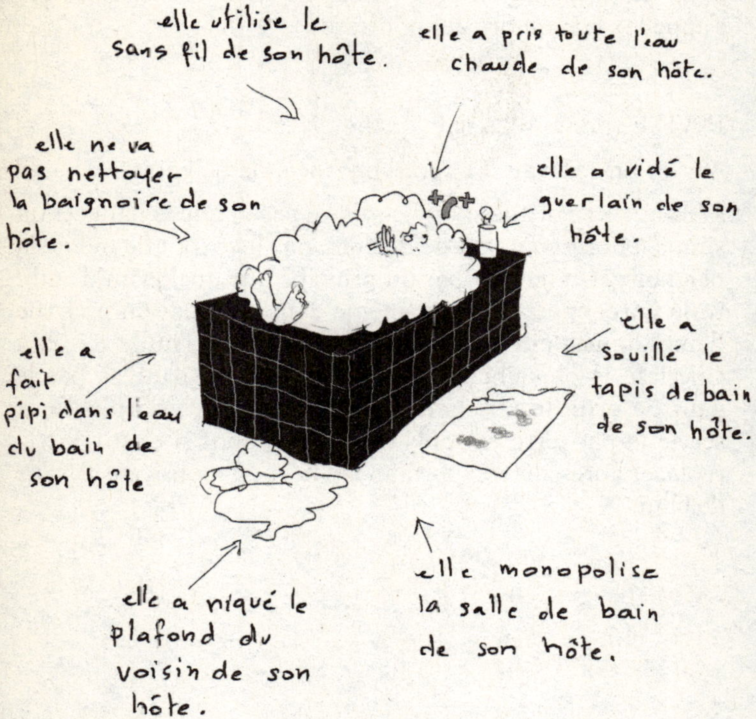

J

JAGUAR (être dans une)

AVANT : on regardait la route, et pas l'effet qu'on produisait.

MAINTENANT : on ne se gare pas n'importe comment sous prétexte qu'on roule en Jaguar.

JAGUAR (voir passer une)

AVANT : on ne dévisageait pas quelqu'un sous prétexte qu'il était dans une Jaguar.

MAINTENANT : on ne se paie pas la tête de quelqu'un sous prétexte qu'il est dans une Jaguar.

JARGON (écouter un)

AVANT : si on ne comprenait pas les termes utilisés par le technicien qui nous parlait, on le laissait terminer son exposé, puis on lui demandait de nous redire tout ça de façon plus abordable. Mais on ne lui faisait pas sentir qu'il ne savait pas s'exprimer. Au contraire, on sous-entendait que la faute nous incombait, même si, en réalité, cet idiot était abscons.

Maintenant : si on ne comprend pas, on lève les bras au ciel. On ne laisse pas l'autre s'enfoncer dans son langage incompréhensible.

JAZZ (écouter du)

Avant : on ne critiquait pas le jazz. Si on n'aimait pas ça, on n'en dégoûtait pas les autres.

Maintenant : on ne met pas son disque le plus obtus de free jazz quand on a des invités, au motif que nous, ça nous plaît.

JEU (perdre au)

Avant : que ce soit une grosse somme, un franc symbolique, ou même juste l'honneur, celui qui perdait au jeu ne montrait aucune mauvaise humeur. Il ne refusait pas de payer sous prétexte que ce n'était qu'un jeu.

Maintenant : quel que soit le jeu, le perdant ne pleure pas, même s'il est regardé par des millions de téléspectateurs.

JEUX (salle de)

Avant : dans les grands casinos, il fallait être en tenue de soirée pour avoir accès aux salles de baccara. De toute façon, on s'habillait de manière élégante pour aller au casino. Si un joueur perdait ostensiblement et qu'on était debout derrière lui, on s'éclipsait. On ne fixait aucun joueur du regard. Quand on misait, c'était avec le maximum de flegme qu'on trouvait en soi.

MAINTENANT : on ne va pas aux machines à sous en tongs. On ne se poste pas derrière quelqu'un qui gagne. On ne passe pas ses doigts dans les paniers de toutes les machines pour glaner les jetons oubliés. On ne hurle pas dès qu'on gagne 200 euros.

Casino : une certaine tenue est de mise.

On ne lèche pas le manche du bandit manchot pour gagner plus

Attitude avec un jeune :
ici le cas du jeune Bobby qui a
mal répondu à sa mère.

JEUN (se faire raccompagner par quelqu'un qui n'est pas à)

AVANT : on faisait comme si la personne n'avait pas bu. On proposait de prendre le volant. Et si la personne en question refusait de nous le céder, on priait en silence, en tentant, par de subtiles mais nettes mises en garde, d'aider l'autre à garder le cap.

MAINTENANT : on prend un taxi. Même si l'autre fait mine d'y voir un abandon de notre part.

JEUNE (attitude avec un)

AVANT : on avait une tolérance pour l'ignorance de la jeunesse, car il fallait que jeunesse se passe. Si on savait vraiment vivre, on disait au jeune de profiter de sa jeunesse, dans les limites de la morale de l'époque.

MAINTENANT : on n'oppose pas à tout ce que le jeune croit découvrir que, tout ça, ça vient des années soixante-dix. On ne fait pas sentir à un jeune qu'on lui est infiniment supérieur. Mais bien sûr, si un jeune abîme ses tympans en écoutant de la musique trop fort, rentre défait alors qu'il n'a que treize ans, et n'entend pas quand on lui parle, il serait très mal élevé de ne pas élever ce gamin. En admettant que ce soit le nôtre. Car si ce n'est pas le cas et si l'enfant a déjà des parents, on ne s'en mêle pas.

JEÛNER (quoi faire devant quelqu'un qui veut)

AVANT : on respectait le jeûne d'autrui, même si sa religion nous était tout à fait étrangère.

MAINTENANT : on ne fait jamais remarquer à quelqu'un qu'il ne mange rien. Lors d'un dîner chez des gens, s'il est tout à fait insolite que Bob ne mange rien, on ne précise pas que, d'habitude, c'est un morfale. Pas plus qu'on ne précise que, il y a à peine une heure, Bob s'est goinfré de saucisse sèche au roquefort. Et encore moins on ne décrypte pour toute la tablée que, si Bob ne mange pas, c'est parce qu'il déteste le riz au lait.

JOINT (attitude sous)

AVANT : puisqu'on était entre drogués, on s'en fichait.

MAINTENANT : si on est entre drogués, on peut se laisser aller à un certain abandon et à une certaine hilarité. Sinon, on fait attention. Par exemple, on n'arpente pas le mariage où on a été invité fier d'être raide et en le disant à tout le monde. A contrario, on ne fait pas croire qu'on n'est absolument pas raide à quelqu'un qui sait de quoi il retourne. Si on peut encore se rendre compte que le sujet de conversation est le décès du chat de Bob, on essaie de contenir son hilarité. On ne dîne pas raide devant ses beaux-parents, même si ça nous semble le seul moyen de rendre le dîner supportable.

JOINT (protocole du)

AVANT : quand on fumait de la drogue, c'était en compagnie d'autres consommateurs. Sinon, on s'abstenait.

MAINTENANT : c'est très mal élevé de tirer trop vite sur le pétard pour en avoir beaucoup. C'est très mal élevé de sortir son shit en présence d'une personne âgée sous prétexte qu'elle ne sait pas ce que c'est. C'est pire que mal élevé de fumer un joint devant un ado qui n'est pas le nôtre. C'est très mal élevé de prendre un air empressé avec les yeux prostrés sur le pétard qui circule et qui diminue à vue d'œil. C'est très mal élevé de prendre le pétard et de le garder même si c'est les yeux fermés, on le passe à son voisin. C'est très mal élevé de rouler un pétard et de ne pas en offrir aux autres. C'est très mal élevé, chez certaines personnes, de rouler son pétard sur un des beaux-livres de la table basse : on vient avec le pétard déjà formé, dissimulé dans le paquet de cigarettes.

JOURNAL (lire le)

Avant : quand on allait chez des gens, on ne lisait pas le journal, même s'il était à portée de main.

Maintenant : on ne lit pas le journal du voisin, même s'il est à portée de vue.

JUMEAUX (attitude avec des)

Avant : on ne les appelait pas « les jumeaux ». Ils avaient des prénoms. On ne leur disait pas « vous » comme pour un tir groupé. On comprenait qu'il s'agissait de deux personnes distinctes.

Maintenant : on ne demande pas toujours à l'un s'il est l'autre.

JUSTIFIER (se)

Avant : on ne se justifiait jamais. On suivait la vieille règle de la noblesse britannique « *Never explain, never complain* » : « Ne jamais se justifier, ne jamais se plaindre. »

Maintenant : on laisse se justifier l'homme politique mis en examen. On ne considère pas d'emblée qu'il est coupable et que la messe est dite.

K

KARAOKÉ (chanter dans un)

Avant : si tout le monde chantait, à la messe par exemple, on faisait comme si on chantait aussi.

Maintenant : si Bob chante, dans un micro par exemple, on fait comme si c'était merveilleux.

KILOS (parler des)

Avant : on ne faisait pas remarquer à quelqu'un qu'il avait grossi. Et il y a encore plus longtemps, on allait jusqu'à féliciter quelqu'un qui avait forci.

Maintenant : quand quelqu'un a minci, on l'en félicite. Si la personne en question dément vigoureusement, ne voit pas ce qu'on veut dire, voire jure que son poids n'a pas bougé sur sa balance, on lui laisse le droit de vouloir faire comme si elle avait toujours été mince. C'est la moindre des générosités.

KINÉ (comportement chez le)

AVANT : on le considérait comme un médecin et non comme un infirmier, même s'il n'avait pas fait médecine.

MAINTENANT : on ne va pas en string chez le kiné. On garde son soutien-gorge sauf s'il nous demande de l'enlever.

KLAXON (donner des coups de)

AVANT : on klaxonnait brièvement quand vraiment la sécurité de quelqu'un était en jeu, ou bien pour prévenir le propriétaire d'une voiture garée au milieu de la rue qu'il gênait.

MAINTENANT : on ne klaxonne pas dans une rue si on est incapable de dire pourquoi ça n'avance pas. On ne klaxonne pas un taxi qui décharge un client. On ne klaxonne pas quelqu'un qui fait un créneau. On ne klaxonne pas quelqu'un qui ne démarre pas assez vite au feu. On ne klaxonne pas un vélo, car cela l'effraie. On ne klaxonne pas un crétin, on l'ignore. Et on ne l'attend pas non plus au feu suivant pour lui faire des doigts désobligeants.

K.O. (être)

AVANT : si on était fatigué, personne ne s'en rendait compte.

MAINTENANT : avant de dire qu'on est K.O. on vérifie si les gens autour de nous n'ont pas encore plus de raisons que nous d'être fatigués. Par exemple, on ne prend pas un air exténué devant la caissière au supermarché. Et si on se tait en société, au moins on fait semblant d'écouter.

Kiné :

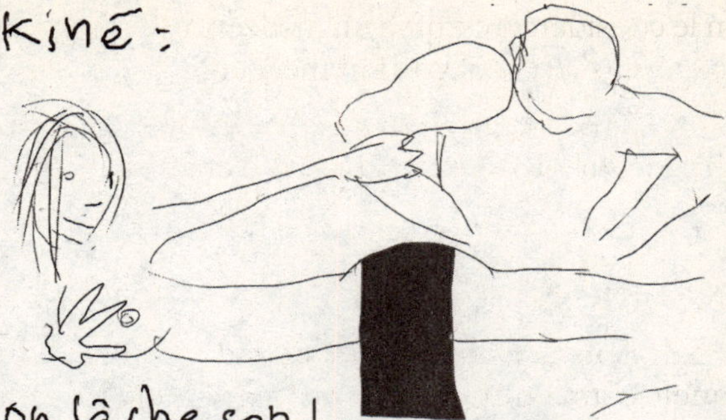

on lâche son bras.

on lâche son cou.

on lâche ses couilles.

Même K.O., même au supermarché, on s'occupe de ses mômes.

L *Ll*

LANGUE (parler une autre)

AVANT : imaginons un groupe composé de « a », « b », et « c ». Eh bien, si « a » seul ne parlait pas anglais, « b » et « c » ne se mettaient pas à parler anglais devant « a ». On choisissait d'emblée la langue commune à tous. Si ce n'était pas possible, tout ce qui était dit était traduit.

MAINTENANT : la règle est la même. De plus, quand on traduit à « a », ce qu'a dit « b », on fait en sorte que la traduction ne se résume pas à trois mots si « b » vient de parler pendant cinq minutes.

LETTRE (à qui adresser une)

AVANT : le « Monsieur » devait toujours précéder « Madame ».

MAINTENANT : le « Madame » précède souvent le « Monsieur » et ça a l'air de sembler à tout le monde la moindre des délicatesses.

LETTRE (comment commencer une)

AVANT : dans les courriers administratifs, si on ne savait pas si c'était Monsieur ou Madame, on mettait « Messieurs ».

MAINTENANT : on n'écrit pas « Madame/Mademoiselle/Monsieur » comme si on était le présentateur du JT. Dans le doute, on met « Monsieur ».

LETTRE (comment plier la)

Avant : la lettre devait être pliée de façon à ce que la signature de l'expéditeur saute facilement aux yeux du destinataire une fois l'enveloppe ouverte.

Maintenant : on ne plie pas une lettre plusieurs fois de manière différente pour la faire rentrer à tout prix dans l'enveloppe.

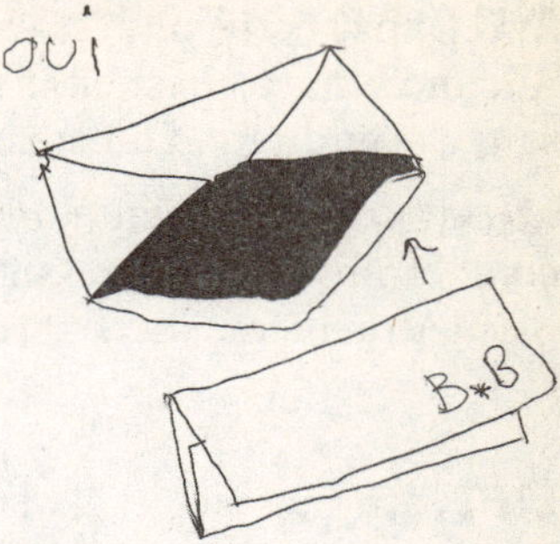

LETTRE (confier une)

Avant : si on confiait une lettre à quelqu'un, on la laissait ouverte. On montrait qu'on avait confiance dans le messager. C'était le messager, en personne, qui prenait soin de la fermer devant nous.

Maintenant : comme le messager ne la ferme plus, et va sans doute la lire, on la ferme soi-même. On évite ainsi au messager la grosse incorrection, de catégorie 9, consistant à lire un courrier qui ne lui est pas destiné.

LETTRE (formules affectueuses dans une)

AVANT : par écrit, on n'embrassait jamais sur les deux joues. Aucun contact physique n'était suggéré. Quand on embrassait, c'était du fond du cœur. Abstrait.

MAINTENANT : on évite « bisous », et tout ce qui indique un contact physique régressif et niais. Sinon, on peut tout se permettre, même du concret, si c'est du fond du cœur.

LIFT (attitude quand on a des paquets dans le)

AVANT : si, devant d'autres gens, on accaparait l'ascenseur seule avec nos paquets, on leur renvoyait l'ascenseur une fois arrivé à destination.

MAINTENANT : on ne renvoie pas l'ascenseur, mais on prend soin de bien refermer la porte derrière soi, s'il y en a une, pour ne pas bloquer tout le système.

LIFT (fumer dans le)

AVANT : si l'homme tenait une cigarette au moment où il entrait dans l'ascenseur, il l'éteignait pour ne pas incommoder les femmes présentes. Si aucune femme n'était présente, il fumait peinard.

MAINTENANT : si l'homme ou la femme tient une cigarette avant d'entrer dans l'ascenseur, il ne se contente pas de la dissimuler, il l'éteint. On ne prend pas les autres pour des idiots : par exemple, on ne lève pas le bras pour faire genre la fumée ne va jamais oser redescendre. On ne regarde pas les autres d'un air haineux sous prétexte qu'ils n'apprécient pas qu'on fume dans un lieu clos. Si notre cigarette incommode quelqu'un au point que cette personne décide d'attendre un autre ascenseur, c'est nous qui sortons presto de la cabine.

la cote des formules :

grosses bises — non, naze.

Je t'embrasse où je sais que t'aimes — oui, marche toujours.

bisous — très pop en ce moment.

XXX
+++ — un peu vu.

La bise — un peu raide.

à bientôt — trop facile.

Je t'embrasse — sans conséquence.

big kiss — corniaud.

baisers — oui, si au pluriel.

LIFT (préséances dans le)

Avant : l'homme laissait la femme entrer dans l'ascenseur, puis lui demandait à quel étage elle allait.

Maintenant : avant d'entrer dans l'ascenseur, l'homme demande à la femme à quel étage elle va, et selon l'étage (avant ou après lui), il entrera en premier ou en second. Attention, les portes se referment vite.

LIFTING (attitude face à un)

Avant : ça se voyait quand quelqu'un s'était fait lifter. On faisait comme si ça ne se voyait pas.

Maintenant : même si les liftings sont répandus, on ne demande pas à une femme (et encore moins à un homme) si elle s'est fait faire un lifting. Mais on peut s'extasier en employant des termes comme « bonne mine », « fraîcheur », et « air resplendissant », voire des choses plus rock'n roll du style : « Toi, en ce moment, tu t'éclates ! » Bref, on tend la perche. Si la personne avoue s'être fait lifter, on la félicite, mais légèrement, pour ne pas avouer qu'elle était moche et tapée avant.

LIFTING (comportement après son)

Avant : on n'en parlait pas.

Maintenant : on n'est pas obligé d'en parler à tout le monde.

3 cas où on se la boucle devant un lifting :

LIT (attendre le réveil des autres au)

AVANT : de 6 heures à 8 heures, l'invité éveillé lisait dans sa chambre.

MAINTENANT : on ne fait pas de bruit autour de la personne qui dort sous prétexte qu'on s'ennuie. Si on n'a plus sommeil, on quitte discrètement la chambre. Et évidemment, on ne part pas se défouler à la cuisine.

LIT (rester au)

AVANT : tout le monde était là au petit déjeuner. Pas plus tard que 9 h 30.

MAINTENANT : en vacances, on ne reste pas au lit trop tard sans avoir prévenu la veille de ne pas nous attendre. C'est considéré comme impoli catégorie 9 de condamner les autres à nous attendre pour partir à la plage. Cela dit, si les autres partent à la plage avec la seule voiture sans nous attendre, c'est qu'ils sont au niveau -9 hors catégorie dans la muflerie séculaire.

LIT (faire le)

AVANT : quand on invitait des gens à dormir, leur lit était fait quand ils arrivaient.

MAINTENANT : quand on invite des gens à dormir, le lit est aussi fait, et avec des draps propres. Ce n'est pas parce que d'autres gens n'ont dormi qu'une nuit dedans que ça dispense de les changer. C'est gentil de prévoir aussi une couverture supplémentaire. Et bien sûr une alèse, afin que, même si la personne salope le matelas Conran Shop, on ne lui en veuille pas toute la vie.

Lit : l'invitée aussi a des obligations.

LIVREUR (comportement avec un)

Avant : c'était la domestique qui se chargeait de réceptionner plis et colis.

Maintenant : l'usage des coursiers et des livraisons à domicile s'est démocratisé. Si le livreur est celui qui nous livre nos courses de Carrefour, on lui donne un pourboire. En revanche, si le pli ou le colis contient quelque chose qu'on nous offre, le pourboire n'est pas obligatoire. On est cordiale avec le coursier, auquel on n'ouvre pas en string.

LOURD (ne pas être)

Avant : on n'insistait jamais. On ne disait ni : « Reprends une boulette », ni : « T'es sûr que tu veux pas que je vienne te chercher ? ».

Maintenant : on n'insiste toujours pas. On ne dit ni « T'as joui, toi ? », ni « T'es sûre que t'a pas joui ? »

Livreur :
on le laisse faire
son travail.

M
Mmm

MAIL (envoyer un)

AVANT : ça n'existait pas.

MAINTENANT : quand on reçoit un mail, on répond. Le ton est informel. On signe si on ne connaît pas les gens. On spécifie toujours un « objet ». On ne forwarde pas tous les mails gags à toutes les personnes qu'on connaît. Et quand quelqu'un nous a forwardé un mail, on n'en profite pas pour choper les adresses des amis de l'autre.

MAIL (s'expliquer par)

AVANT : ça n'existait pas.

MAINTENANT : le mail permet de formuler calmement et clairement des arguments écrits, des objections et des critiques. On ne doit pas se laisser emporter par l'énervement. Si ce qu'on a à dire est désagréable, le ton reste toujours posé.

MAINTIEN (avoir du)

AVANT : on ne traînait pas les pieds. On ne s'asseyait pas les jambes écartées. On se tenait droit. On rentrait son ventre. Dans le cas où on était quelqu'un de très brillant intellectuellement (Hubert Reeves, Françoise Dolto…), on pouvait se permettre un certain laisser-aller.

MAINTENANT : même en jogging, on n'écarte pas les jambes quand on est assis.

MAÎTRESSE (présenter sa)

AVANT : si on était surpris au bras de sa maîtresse, on la présentait. On ne faisait pas comme si la maîtresse n'était pas là. Et quand on la présentait, c'était chaleureusement, avec une franche accolade, en tant qu'excellente amie.

MAINTENANT : si on est chopé avec sa maîtresse à une terrasse de café, on la présente, mais on ne se contente pas de donner son prénom. On donne aussi son nom de famille. De manière à atténuer le côté criant d'intimité de la confrontation.

MAÎTRESSE (parler de sa)

AVANT : on ne parlait pas de sa maîtresse.

MAINTENANT : si on a envie de parler d'elle à tout bout de champ, on essaie que ce ne soit pas avec sa femme.

MAQUILLAGE (usage du)

AVANT : un maquillage ne se remarquait pas. Il servait juste à faire croire que, pas maquillée, on était comme ça : nickel.

Même si elle nous obsède, on ne saoule pas les autres avec sa maîtresse.

MAINTENANT : il y a des modes à suivre, mais tout le monde ne les comprend pas forcément. Donc, on est à la mode, en restant chic. Donc, on se replie sur des bonnes vieilles bases :

• Pas d'accumulation : œil charbonneux, d'accord, mais avec lèvres naturelles. Lèvres très rouges, mais avec un œil d'enfant (pur).

• Pas de foutoir : ça ne dégouline pas.

• Pas de clinquant : rien avec des paillettes, même si c'est conseillé par un journal.

MARIAGE (choisir un témoin pour son)

AVANT : on choisissait quelqu'un qu'on estimait et qu'on aimait. Mais on pouvait aussi choisir son patron, à condition de bien s'entendre avec lui.

MAINTENANT : on choisit quelqu'un qu'on aime depuis longtemps, peut-être pas autant que l'homme qu'on va épouser, mais enfin presque.

MARIAGE (faire un discours à un)

Avant : on endormait tout le monde avec de la guimauve. C'était le mieux.

Maintenant : on évite que le discours soit trop long. Si on est un(e) ex, on ne le rappelle pas à l'assistance. On valorise les deux jeunes mariés dans une même vague de générosité. On ne les prévient pas de ce qui les attend, même si c'est assez drôle d'annoncer comment Bob va vieillir en montrant son père. On ne raconte pas comment Bob n'imaginait même pas qu'un jour une femme voudrait de lui. Pour résumer : on ne ramène pas la couverture à soi, on ne cabotine pas, on accepte même d'être un médiocre, c'est notre cadeau. Toutefois, si on a réalisé un petit film hilarant, et s'il est bien court, on peut quand même un peu la ramener.

MARIAGE (être témoin à un)

AVANT : si on était choisi pour être témoin, on ne refusait pas. On faisait même un cadeau onéreux.

MAINTENANT : il faut une raison grave pour refuser. Elle peut être éthique : la cérémonie du mariage ne représente rien pour nous. Mais le mieux est d'accepter quand même, et de faire le cadeau onéreux.

Mariage :
on ne laisse
l'ex se charger
du discours

MATERNITÉ (rendre visite à la)

AVANT : on ne restait pas des heures, on ne racontait pas sa vie, on faisait des compliments sur le bébé, qu'on s'abstenait de prendre dans nos bras, sauf si la jeune maman y mettait un point d'honneur.

MAINTENANT : si on n'est pas prévenu personnellement par la maman ou le papa, on ne se rue pas à la maternité dès le premier jour comme si c'était une avant-première. Devant la jeune accouchée, on se montre attendrie et sous le choc du mystère de la vie, mais on ne perd pas pour autant tout humour, et si notre amie a envie de se défouler en racontant que le médecin accoucheur est canon et qu'elle a joui, on rit avec elle de bon cœur. Si elle se vante que, pour le moment, elle n'a pas encore les signes du moindre petit baby blues, on ne prévient pas que ça va venir.

MÉDECIN (parler à un)

Avant : on l'appelait « Docteur ». Si c'était le médecin de famille, on pouvait lui demander comment il allait.

Maintenant : on ne fait pas la tête à un médecin qui nous trouve une simple rhinite et argue qu'un arrêt de travail ne se justifie pas. On l'appelle « Docteur » si ça lui fait plaisir. On l'appelle Jacques si on fait l'amour avec. S'il refuse qu'on l'appelle Jacques alors qu'on a fait l'amour avec, on change de toubib. Quand on a besoin d'une ordonnance, on passe le voir. Un simple coup de fil ne suffit pas. Sauf donc si on fait l'amour avec.

MÉDIATEUR (écrire au)

Avant : il n'y en avait pas.

Maintenant : on peut se trouver amené à écrire à un médiateur, notamment au médiateur de la République. Le courrier doit être clair. On ne s'y victimise pas, et si notre cas est vraiment un cas urgent, le médiateur doit pouvoir le constater à deux ou trois indices, exposés en quelques mots. On ne raconte pas sa vie dans un courrier officiel. Ce n'est ni une supplique, ni une lettre de doléances. Si c'est pour une demande de logement social, et qu'il est impératif de développer notre situation actuelle, on expose les détails sur une autre feuille, qui accompagnera la lettre de demande.

MÉDICAMENT (prendre un)

AVANT : on s'isolait dans la cuisine ou la salle de bain pour avaler ses médicaments.

MAINTENANT : on ne prend pas sa pilule devant tout le monde.

MELON (déguster un)

AVANT : on détachait la chair de l'écorce avec un couteau. Puis, plus récemment, avec une cuillère à dessert.

MAINTENANT : quand les melons sont servis sur un plat, on ne choisit pas le melon le plus foncé, on prend le premier qui est devant soi. On ne racle pas l'écorce jusqu'au vert avec sa cuillère. Et il est inutile de préciser qu'on ne finit pas les melons des autres.

MÈRE CÉLIBATAIRE (comportement avec une)

AVANT : on considérait que c'était la faute de l'homme qui l'avait quittée. On essayait d'aider la pauvre maman.

MAINTENANT : ce n'est pas parce que c'est aujourd'hui plus souvent un choix de la part de la jeune maman qu'il faut la considérer comme un cow-boy capable de se gérer entièrement toute seule. On peut l'aider, aussi.

MINIJUPE (porter une)

AVANT : quand on voyait notre genou, c'était déjà porno.

MAINTENANT : quand on voit notre culotte, c'est bon signe, c'est qu'on en a mis une.

MINISTRE (parler à un premier)

AVANT : on l'appelait « Monsieur le Premier Ministre », ou « Madame le Premier Ministre », et on lui parlait à la deuxième personne du pluriel.

MAINTENANT : si c'est une femme et qu'elle tient à ce qu'on l'appelle « Madame la Première Ministresse », on tâche de le savoir avant, car on fait comme elle veut. Si c'est un homme et qu'il se la raconte père la pudeur alors qu'on lui connaît trois maîtresses et que son surnom au Cabinet, c'est « Panpan », on ne lui rabat pas son caquet. Ce n'est pas notre problème.

Cas (B) :

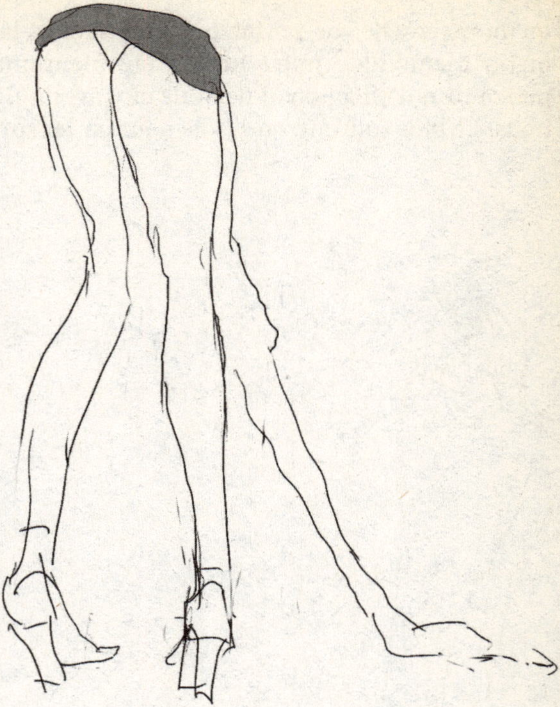

Je ne sais rien ramasser en minijupe.

MOBILE (attitude avec un)

AVANT : on n'avait pas de portable.

MAINTENANT : au restaurant, on ne pose pas son téléphone à côté de soi sur la table, même s'il reste sage. S'il sonne pendant qu'on discute avec quelqu'un, on ne se précipite pas dessus, fou d'espoir et de joie. S'il y a du bruit dans un café, on ne hurle pas dans son portable : on sort téléphoner dehors. On ne demande pas : « Qui c'était ? » quand quelqu'un raccroche son portable, même si dans la conversation qu'on a entendue notre nom a été mentionné. C'est à la personne qui téléphonait de nous dire avec qui elle parlait de nous. Le plus souvent, on s'isole pour parler sur son portable.

Si on emprunte un téléphone, on ne le fait pas en douce.

MOBILE (emprunter exceptionnellement un)

AVANT : quand on utilisait le téléphone de quelqu'un, on laissait sans rien dire le montant de la communication à côté du combiné. Que ce soit perçu comme inutile n'était pas le problème. Le geste était fait.

MAINTENANT : quand on utilise le portable de quelqu'un, la communication est brève. Ça coûte, quand même.

MOBILE (sonneries du)

AVANT : à la naissance du portable, c'était assez chic quand il sonnait d'être confus, et affolé par la sonnerie tonitruante.

MAINTENANT : la sonnerie n'est pas stridente, même si ça nous semble un moyen malin d'entendre quand ça sonne. La sonnerie n'est pas trop originale, elle n'entonne ni une marche militaire, ni une valse, ni le générique de James Bond, même si ça nous semble un concept hilarant. La sonnerie est sur vibreur dès qu'on est dans un lieu public. Quand notre sonnerie se fait entendre, on la reconnaît entre mille, on ne reste pas les yeux ballots à ne pas comprendre ce qui se passe.

MOUCHOIR (utiliser un)

AVANT : on en avait toujours un bien plié et bien repassé dans sa poche ou dans son sac.

MAINTENANT : on a toujours un petit paquet de mouchoirs en papier dans son sac. On jette celui qu'on vient d'utiliser.

MOUFLET (être marraine d'un)

AVANT : le parrain et la marraine avaient des devoirs. Au cas où l'enfant se retrouverait orphelin, il allait de soi qu'ils l'assumeraient financièrement.

MAINTENANT : une fois qu'on a été choisi pour être parrain ou marraine, on fait des cadeaux qui ressemblent à quelque chose. Le plus chic n'est pas d'offrir de somptueux présents à Noël, mais plutôt, quand on se rend au domicile du filleul, d'arriver avec un cadeau mirifique, comme si c'était Noël. On voit son filleul plus d'une fois par an. Même si on connaît un

peu Johnny Hallyday, on ne lui demande pas d'être parrain de notre enfant.

MUSÉE (visiter un)

AVANT : c'était un lieu de culte, fréquenté par une élite qui savait bien entendu s'y comporter.

MAINTENANT : on ne tape pas l'incruste dans les groupes avec guide, même si on y parle notre langue. On ne tape pas l'incruste devant la Joconde, en marchant de droite à gauche pour voir si son regard nous suit. On n'est pas écroulé de rire quand on ne comprend pas l'œuvre. Si on est devant un tableau qu'on comprend, on ne fait pas un cours dessus à voix très haute. Si quelqu'un dit une connerie devant nous, par exemple que Léonard de Vinci savait faire du vélo, le relever en ricanant est un impair de catégorie 9.

Nnn

NAGE (être en)

AVANT : jamais deux auréoles de transpiration ne devaient apparaître aux aisselles.

MAINTENANT : si on transpire, ça peut se sentir, mais ça ne doit jamais sentir. Même si notre petit ami trouve que c'est l'odeur de l'amour.

NAISSANCE (faire-part de)

AVANT : on prévenait oralement les proches. Sinon, c'était soit les parents, soit les grands-parents, soit les frères et sœurs du nouveau-né qui annonçaient la naissance sur un faire-part de forme rectangulaire, jamais rose ni bleu. On envoyait les faire-part dans la semaine de la naissance. La personne qui recevait le sien répondait illico.

MAINTENANT : envoyer un texto général ou un mail groupé pour prévenir tout le monde à la fois est à éviter. Vous n'êtes pas le fil de l'agence Reuter. On prévient les proches, mail après mail, cas par cas, en prenant le temps qu'il faut. Le faire-part est facultatif. S'il y en a un, il peut être très original, mais s'il est original, il y a intérêt à ce qu'il n'en demeure pas moins le chic personnifié. On ne glisse pas des confettis dans un faire-part, la carte ne fait pas coin-coin, même si Bobby adore déjà ce bruit. Bref, c'est sobre.

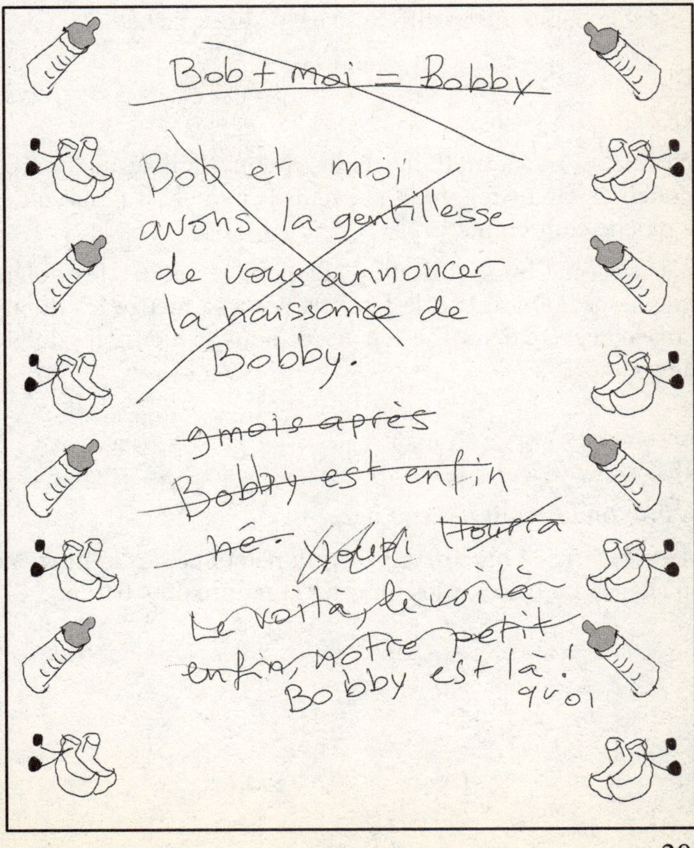

NAPPE (mettre la)

Avant : elle était impeccable et on espérait qu'elle allait le rester. À cet effet, les couteaux reposaient sur des porte-couteaux.

Maintenant : il est évident pour tout le monde que la nappe est propre. Elle est repassée (en vacances, pas forcément). Elle n'est pas en matière synthétique. Si quelqu'un renverse du vin dessus, on ne court pas illico chercher du gros sel en gesticulant. Au contraire, on considère que ça n'a aucune espèce d'importance, et la première chose qu'on regarde, c'est si la personne en difficulté ne s'est pas tachée.

NEZ (mettre ses doigts dans son)

Avant : on ne se mettait pas les doigts dans le nez, on se mouchait. On ne regardait pas dans le mouchoir pour voir si la pioche était bonne.

Maintenant : on sort de la pièce pour se mettre les doigts dans le nez. On attend le feu vert pour se mettre les doigts dans le nez. On détourne son visage pour se mettre les doigts dans le nez.

NEZ (quelqu'un a quelque chose qui dépasse de son)

Avant : on ne fixait pas son nez.

Maintenant : si on connaît bien la personne, on la prévient qu'elle « a un truc », sans préciser la nature du « truc ».

Toujours bien faire attention à se tourner du bon côté quand on met les doigts dans son nez.

NEZ (avoir quelqu'un dans le)

Avant : quand on n'appréciait pas la compagnie de quelqu'un, on ne le faisait pas subir aux autres. On se contentait d'ignorer cette personne.

Maintenant : si on n'apprécie pas la compagnie de Machin et qu'on est invité avec lui, on peut prévenir qu'on manque d'atomes crochus avec cet individu, sans se justifier. Cela, afin que la maîtresse de maison ne nous place pas forcément à côté de lui à table, et se charge personnellement d'arrondir les angles au cas où Machin ferait son lourd.

NEZ (comment réagir quand quelqu'un se met les doigts dans le)

Avant : on ne faisait aucune réflexion. Même s'il était évident qu'on avait vu « quelque chose ».

Maintenant : on ne dit pas : « Tu veux mon doigt ? » à un adulte. On ne tend pas un mouchoir. On ne détourne pas la tête en affichant son dégoût. On reste : indifférent.

NOBLESSE (particule de)

Avant : la particule, sauf nom court ou usage ancestral (de Gaulle), ne se prononçait pas. On ne disait pas : « On va chez les de Véricourt » mais : « On va chez les Véricourt. »

Maintenant : on fait toujours comme ça. Et on ne rajoute pas des particules aux noms qui semblent auréolés d'une certaine noblesse. Par exemple, si quelqu'un s'appelle Guillaume Montalenvert, on résiste à la pulsion de l'appeler Guillaume de Montalenvert. On se renseigne avant. Tout comme on ne notera pas à la lettre « D » de son carnet d'adresses tous les nobles qu'on connaît.

NOËL (Père)

AVANT : laisser les enfants croire au Père Noël était une façon subtile de leur faire des cadeaux sans parler du prix des choses et du niveau de vie de chacun.

MAINTENANT : quand un enfant ne croit plus au Père Noël, ce n'est pas une raison pour lui parler du prix des cadeaux.

NOIRES (voir des dents un peu)

AVANT : si quelqu'un avait des dents noires, jaunes ou esquintées, on lui parlait quand même.

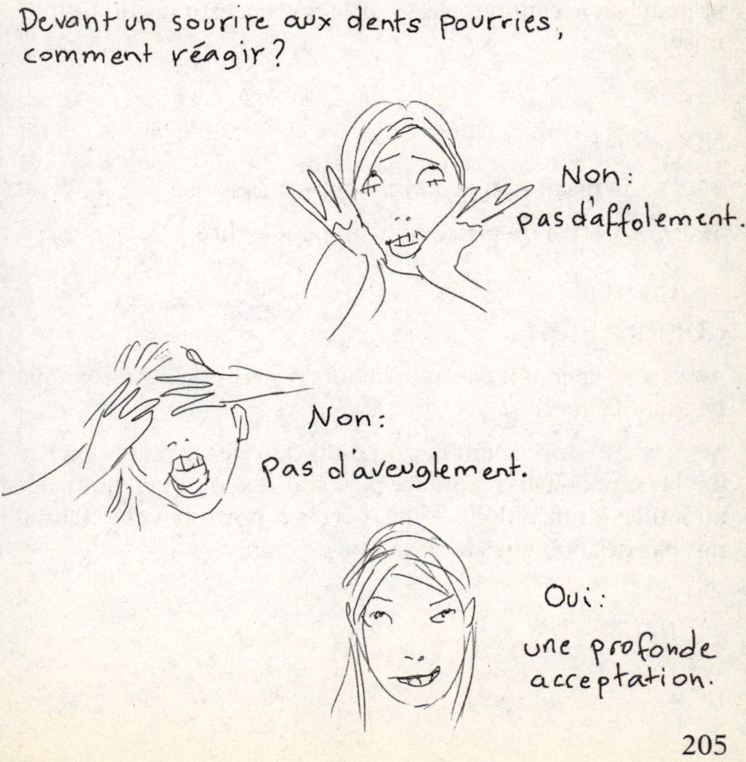

MAINTENANT : on ne fixe pas les dents de quelqu'un, même si elles sont pourries. La règle est la même avec des dents trop blanches pour être honnêtes.

NOM (comment prononcer un)

AVANT : on connaissait par cœur les noms de famille qui posaient des problèmes de prononciation. La Trémoille se disait La Trémouille. D'Estrée se disait D'Etrés. Broglie se disait Broye, etc.

MAINTENANT : on prononce les noms comme Lars Von Trier avec l'accent français, sans faire semblant de savoir comment ça se dit dans sa langue d'origine. Frimer en prenant un accent qui n'est pas le nôtre n'est plus du tout de mise.

NON (dire)

AVANT : on disait non le moins souvent possible.

MAINTENANT : si on pense non, on peut le dire.

NOURRITURE (jouer avec la)

AVANT : on ne jouait pas avec la nourriture. Elle avait manqué pendant la guerre.

MAINTENANT : on ne fait pas un puits dans le riz pour y mettre de la sauce. On n'appuie pas sur les miettes pour les aimanter à notre doigt et les porter à notre bouche. On ne fait pas des boulettes avec sa mie de pain.

Nourriture :

on ne joue pas au football avec un rôti.

NUDISME (coutumes du)

AVANT : on se cachait pour faire du nudisme. On prévenait ses amis qu'on les emmenait sur une plage fréquentée par des nudistes.

MAINTENANT : on n'a pas une discussion sérieuse à poil dans les calanques du Portugal. On se tait, on bronze, et on ne prend aucune position sexuellement équivoque. Si Bob a une érection, on ne la montre pas du doigt. Si Bob ne veut pas sortir, on ne le force pas, c'est peut-être qu'il a une érection. Si on constate qu'un de nos amis a le pénis qui tourne en un nœud de scoubidou, on ne le raconte pas à tout le monde, de retour en France.

Oooo

ŒUF (comment manger un)

AVANT : on brisait la coquille de l'œuf à la coque avec une petite cuillère.

MAINTENANT : s'il n'y a pas de petite cuillère, vogue la galère. Mais on n'est pas impoli, au contraire, si on en demande une. On ne pose pas les débris de coquille sur la nappe.

OPÉRA (comportement à l')

AVANT : on s'habillait bien pour y aller. Et on restait très silencieux dans la salle. On ne demandait pas à son voisin qui était le type à gauche en Arlequin à côté de la Mort. Dès qu'une nouvelle chanteuse entrait en scène, on ne demandait pas à son voisin si c'était La Callas.

MAINTENANT : on ne regarde pas l'heure.

OR (noces d')

Avant : les enfants et petits-enfants organisaient une fête à l'occasion des cinquante ans de mariage de leurs parents.

Maintenant : si un couple tient cinquante ans, et qu'on sait qu'il a une maîtresse et qu'elle est lesbienne, on fait quand même comme si on fêtait l'union exemplaire de deux êtres. On laisse les gens proférer les mensonges qu'ils veulent, et on n'assiste pas à la réception avec la moue cynique de celui pour qui le mariage n'est qu'une macabre mise en scène.

ORANGE (manger une)

Avant : on incisait l'écorce en quatre. On épluchait ensuite et ça venait tout seul. On ouvrait les quartiers, qui se présentaient tout seuls. On mangeait sans éclabousser, quartier par quartier.

Maintenant : pour amuser un enfant, on a le droit de presser l'écorce près d'une bougie pour montrer que ça fait des étincelles. Mais si ça devient obsessionnel et nous amène à faire des étincelles toute la soirée, ça peut être un peu pénible.

OUI (dire)

Avant : on était positif. On disait « oui » facilement.

Maintenant : si on pense oui, c'est bien de le dire. Si on pense non et qu'on dit oui, c'est moins bien.

OVATION (accorder une)

Avant : on applaudissait quand il le fallait.

Maintenant : on n'applaudit pas à l'église, même si le sermon ou les chants sont épatants. On n'applaudit pas à table quand le gigot arrive. On n'applaudit pas une fille qui arrive dans une

Orange :
l'éplucher avec succès, c'est-à-dire :

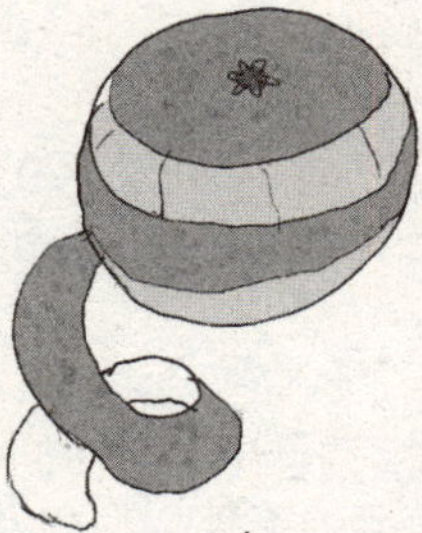

sans se la péter

sans se la péter

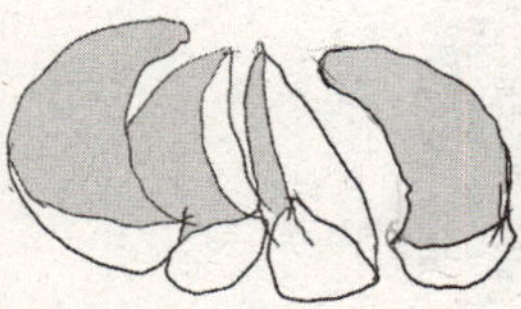

sans se la péter

sans se la péter

nouvelle tenue. À l'opéra, on attend que les autres applaudissent avant d'applaudir. C'est très beauf d'applaudir quand l'avion atterrit, même si on se sent tout à fait soulagé. Toutefois, dans un franc climat de bonne humeur, et sur ligne intérieure, c'est toléré. En revanche, on applaudit toujours au spectacle, même si on y a dormi.

À l'église, on prie,
au concert on applaudit.
Et pas l'inverse.

Ppp

PAIN (manger du)

Avant : on respectait le pain. On le rompait, on ne le coupait pas avec un couteau. On ne le posait pas à l'envers. Quand on passait le pain à quelqu'un, on lui passait la corbeille, et il se servait lui-même.

Maintenant : si dans la corbeille seuls quelques petits pains aux noix sont dispersés, on ne les choisit pas d'office. S'il reste un seul petit pain aux noix, on ne le prend pas pour soi tout seul, on propose de le partager. On ne prend pas le pain du voisin. Si la maîtresse de maison nous propose de repartir avec le pain qu'elle a en trop, on peut accepter.

PAMPLEMOUSSE (manger un)

Avant : on ne trucidait pas un pamplemousse en y fichant un terrible boxon. On regardait la moitié du pamplemousse, on repérait où était l'écorce et où était la chair, et on visait. Au moyen d'une cuillère, on dégageait des jolis quartiers de chair sans peau. Qu'on portait à sa bouche.

MAINTENANT : quand on fait une salade avec du pamplemousse, on ne met que la chair, jamais la moindre trace de peau, et surtout, surtout, jamais le moindre pépin.

PAPE (comment parler au)

AVANT : on l'appelait « Très Saint Père » quand on lui parlait et « Sa Sainteté le Pape » quand on le présentait ; on s'adressait à lui à la troisième personne du singulier.

MAINTENANT : la règle est inchangée. Si le pape prend notre main et la garde, on se laisse faire. On est avenante avec le pape, mais on ne fait aucune blague du style : « Et moi, j'suis l'pape ! », sauf si Sa Sainteté a ouvert la vanne à un grand délire en faisant elle-même quelques calembours et facéties. Dès que Sa Sainteté reprend son sérieux, on reprend le nôtre.

PÂQUES (fêter)

AVANT : on touchait sa bille sur les traditions. On savait par exemple à quoi correspondait Pâques, et pas seulement que ça avait trait à la religion. On savait ce qu'on fêtait, donc : le fait que toutes les cloches du monde, envolées vers Rome le Jeudi saint, réintégraient ensuite leurs clochers après avoir disséminé des petits œufs de-ci de-là en chemin. Pour être sûr que les œufs soient là, on les achetait soi-même et on les planquait dans le jardin. Ensuite, les enfants les cherchaient et, en général, les trouvaient.

MAINTENANT : à Pâques, il y a moins de neige qu'en février aux sports d'hiver, et il est plus chic, à cette époque, d'aller à la mer.

PARFUM (se mettre du)

AVANT : on ne s'aspergeait pas. Surtout si on était un homme.

MAINTENANT : on ne demande pas aux gens quel est leur parfum comme si on allait tout de suite se procurer le même. Si Bob met Habit Rouge, et que sur lui, ça a une odeur inhabituelle, on garde cette impression pour soi. Pour flatter un homme, et si c'est fait avec grâce, on pourra amener quelques femmes du salon à venir partager notre joie olfactive dans son cou. On s'arrêtera séance tenante si le parfumé indique la moindre réticence.

PARTIES (toucher les)

AVANT : en compagnie d'une femme ou en public, un homme ne se touchait pas les couilles, même à travers son pantalon.

MAINTENANT : la règle demeure. À laquelle il faut ajouter ceci : une femme ne profite pas de la moindre occasion pour toucher les couilles d'un homme. Ce ne sont pas des jouets. Et une telle attitude est passible d'une réflexion réservée aux impairs de catégorie 9.

PÊCHE (manger une)

AVANT : on plantait une fourchette dans le fruit, et on le pelait en entier, avec un couteau. Puis on le coupait en quatre et on le mangeait.

MAINTENANT : on ne commence pas par couper la pêche en deux pour regarder si le noyau est catholique ou bien si un bernard-l'ermite l'habite. Si on croque dedans, c'est avec la peau.

PEIGNE (utilisation du)

AVANT : on ne laissait pas traîner son peigne. On utilisait un peigne propre. On ne se coiffait pas en public.

MAINTENANT : quand on emprunte un peigne, c'est à un intime. Quand on prête son peigne, on ne l'essuie pas quand la personne nous le rend.

PERSONNE ÂGÉE (attitude avec une)

AVANT : quand on parlait avec une personne âgée, on tenait compte de son âge et du décalage générationnel. Donc, on ne disait pas de mots grossiers, même s'ils avaient cours dans notre milieu. De même, on ne racontait pas combien on s'éclatait sexuellement. Quand la personne âgée disait quelque chose, on abondait dans son sens. Si elle semblait s'ennuyer, on lui demandait de raconter le bon vieux temps. Si elle semblait piquer du nez, on la laissait faire la sieste. On ne s'énervait pas si elle ne comprenait rien.

MAINTENANT : la télévision est passée par là. Une personne âgée en sait parfois plus long que nous sur tout, même sur notre monde de jeunes. Elle peut entendre nos conversations, lesquelles peuvent même la faire rire. Si une personne âgée parle un peu trop des émissions de télévision qu'elle regarde, on ne le lui fait pas sentir. Au contraire, on fait mine que ce qu'elle dit est passionnant. On peut aussi chambrer une personne âgée, mais jamais se moquer des conséquences de la vieillesse sur son organisme : surdité, flatulences, etc.

PETIT DÉJEUNER (prendre un)

AVANT : on se tenait aussi bien au petit déjeuner qu'aux autres repas. On ne raclait pas le beurre, on en prélevait des lamelles. On utilisait le couteau à beurre pour se servir. On ne se gavait pas de tartines. On ne vidait pas la théière sans penser aux autres. On ne disait pas : « J'ai horreur de ne pas avoir ma théière pour moi ! », même si c'était pour détendre l'atmosphère.

MAINTENANT : on ne se fait pas une soupe avec ses corn-flakes. Le chic est de les mouiller à peine. On rapporte son bol à la cuisine. On aide à débarrasser la table.

PETIT DÉJEUNER (tenue pour le)

AVANT : quand on arrivait au petit déjeuner, on était lavé et habillé.

MAINTENANT : on se cale sur l'ambiance générale. Si la maîtresse de maison est coincée, on ne déboule pas en string pour se beurrer la tartine en douce. Mais attention, ça peut être aussi très goujat de débarquer lavé, habillé et prêt à aller visiter la tour Eiffel, si la maîtresse de maison, censée nous y conduire, est encore en chemise de nuit. Ça peut la stresser.

PETIT DÉJEUNER (de quoi parler au)

AVANT : on respectait l'état d'endormissement dans lequel l'autre pouvait encore se trouver. Inversement, on respectait le babil de celui qui était parfaitement réveillé, en disant un mot de temps à autre, et en ne lui renvoyant pas une moue abrutie.

MAINTENANT : il est très sympathique, le matin, de ne pas aborder de conversation trop sérieuse, et d'afficher une certaine bonne humeur. On ne prévient pas les gens que, nous, le matin, il ne faut pas nous parler. On fait un effort. *Le Savoir-vivre efficace et moderne* conseille de boire un litre d'eau au robinet de la salle de bain avant de descendre, afin d'hydrater le cerveau.

PIED (quoi faire quand quelqu'un vous fait du)

AVANT : on retirait son pied sans bouger le corps, ni montrer aucune gêne. Si l'agresseur recommençait, on retirait de nouveau son pied sans bouger le corps, toujours stoïque. Si l'agresseur insistait, on pouvait faire une plaisanterie à table, mais une plaisanterie plutôt fine, qui mettrait mal à l'aise l'agresseur et non la tablée entière.

Elle prend le petit déjeuner trop à la légère.

- Il est 12 h 35.
- Elle est assise sur la table
- En chemise de nuit.
- Les cheveux en désordre.
- Peut-être, elle sent mauvais.
- Le pire : elle s'en fout.

MAINTENANT : on fait tout de suite une plaisanterie, d'abord assez fine, et si l'agresseur insiste, carrément une grosse vanne.

PIEDS (quand quelqu'un sent des)

AVANT : on faisait mine de rien. Même s'il s'agissait d'une personne qu'on avait déjà dans le nez, on ne regardait pas en direction de ses chaussettes.

MAINTENANT : on n'agite pas sa main devant son nez. On ne demande pas innocemment d'où vient cette bizarre odeur ; on ne regarde pas, en plus, en direction des chaussettes suspectées. Si on doit faire une réflexion, on la fait ouvertement, et dans la bonne humeur.

PIÉTON (se conduire quand on est)

AVANT : on respectait le code de la route. Quant au code du piéton, il était simple : lorsqu'un homme et une femme marchaient dans la rue, l'homme se tenait du côté de la chaussée, à l'origine pour éviter à la femme d'être éclaboussée par les fiacres.

MAINTENANT : on ne hurle pas dans son portable. On regarde la chaussée en traversant, même si le feu est rouge et qu'on est en train de parler dans son portable. Quand un homme et une femme marchent ensemble, chacun se place selon sa préférence. Cependant, il reste très altruiste de conserver la disposition ancestrale. Car, si les fiacres n'existent plus et si les risques d'éclaboussures sont réduits du fait des voitures garées entre le trottoir et la chaussée, c'est plus amusant pour la femme de marcher du côté des vitrines.

PINCE-FESSES (manger dans un)

Avant : on se saisissait, à son rythme, et sans trop le détailler, d'un des petits fours du plateau.

Maintenant : on a faim quand on arrive parce qu'on sort du bureau. On ne dîne pas d'un repas de petits fours. On ne se jette pas sur les plateaux, pas plus qu'on ne hèle celui qui les porte. On a le droit, discrètement, de choisir sur le plateau l'amuse-gueule qu'on préfère. On n'en prend pas plusieurs à la fois, sauf dans le cas suivant : on est un homme, venu s'approvisionner pour les autres, au moyen d'une petite assiette.

PINCE-FESSES (parler à quelqu'un dans un)

Avant : une conversation sociale de surface permettait à chacun de rompre l'échange à la moindre occasion.

Maintenant : on regarde la personne droit dans les yeux, même si la conversation est sociale et de surface. Si on veut jeter un coup d'œil à l'assemblée, on prévient qu'on va le faire, et on le fait ostensiblement, brièvement, comme si on cherchait quelqu'un, puis on reprend la conversation de surface, comme si elle seule comptait. On peut dire, en lorgnant par-dessus une épaule : « Je guette mon ami, je ne voudrais pas le louper », même si on n'en a pas. Histoire de pouvoir partir quand on veut.

PINCE-FESSES (comportement social dans un)

Avant : on était là pour rencontrer des gens, pour des prises de contact rapides et légères, pas pour retrouver sa bande et profiter du bar. On parlait volontiers à des gens nouveaux.

Maintenant : au niveau du pur savoir-vivre, on peut ne parler à personne et être très chic, surtout si c'est pour dissimuler une légère ébriété. Cependant, il est toujours bienvenu de présenter les gens qu'on connaît les uns aux autres. Si on

finit par former une bande, elle doit pouvoir accueillir la fille toute seule avec son petit sac.

PINCE-FESSES (boire dans un)

AVANT : un verre de champagne à la main, on y trempait ses lèvres sans soif, comme par distraction.

MAINTENANT : on a soif quand on arrive, parce qu'on sort du bureau. Encore une fois, là, *Le Savoir-vivre efficace et moderne* préconise l'absorption d'un grand verre d'eau avant d'attaquer le buffet. On ne commence pas par se siffler direct un godet. Le verre de vin peut tout à fait remplacer le verre de champagne. On ne se persuade pas que, sous prétexte qu'il y a du monde, personne ne nous voit. Quand un homme

constate qu'une femme n'a pas de verre à la main, il n'apporte pas d'office une coupe de champagne, il demande à la femme ce qu'elle souhaite boire. Puis part faire la queue au buffet.

PINCE-FESSES (dire au revoir à quelqu'un dans un)

AVANT : on se contentait de se volatiliser.

MAINTENANT : on abandonne à regret la personne et on lui dit au revoir, au cas où on ne la retrouverait pas dans cette foule, ce qui serait tellement dommage vu tout ce qu'on a encore à lui dire tant c'est trop sympa d'être en sa compagnie toujours radieuse.

PINCE-FESSES DÎNATOIRE ? (qu'est-ce qu'un)

AVANT : c'était un dîner debout, tôt dans la soirée.

MAINTENANT : on pratique le cocktail dînatoire quand on possède une table trop petite pour le nombre de convives auquel on pense. À part ça, c'est un authentique dîner, et en conséquence, on le soigne, la nourriture est bonne, on ne propose pas une sale salade de pâtes, et les assiettes ne sont ni en plastique (même noires) ni en carton.

PISCINE (attitude à la)

AVANT : on ne sautait pas par-dessus le pédiluve, pour éviter de tremper ses pieds dans le désinfectant. On avait un maillot de bain de piscine, et pas un bikini hawaiien. On n'engueulait pas l'employé qui nous demandait de porter un bonnet de bain. On ne faisait pas pipi dans l'eau, même quelques gouttes. Si le couloir d'eau était occupé, on ne se mettait pas dedans sans avoir calculé comment respecter la distance de sécurité. On regardait où on allait, on ne nageait pas de biais. On ne prenait pas un air dégoûté quand un peu d'eau ressortait de la bouche d'un nageur. On ne draguait pas une personne en maillot si on n'était pas sur un lieu de vacances. On ne courait pas, même si c'était pour échapper à Bob.

MAINTENANT : c'est exactement la même chose, sauf qu'en plus, on ne donne pas de coup de palmes aux autres.

PISTON (coup de)

AVANT : on ne se la pétait pas sous prétexte qu'on était le neveu du chef.

MAINTENANT : quand on pistonne quelqu'un, c'est qu'il est doué.

PLAGE (positions à la)

AVANT : si on écartait les jambes, c'est qu'on était en pantalon.

MAINTENANT : si on écarte les jambes, c'est qu'on est en maillot.

PLAGE (comportement à la)

AVANT : on faisait répéter aux enfants de façon beaucoup plus calme ce qu'ils venaient de dire en hurlant. On ne s'enfuyait pas soi-même en hurlant quand Bob rapportait un poulpe et le suspendait au parasol. On ne s'installait pas trop près des gens. On n'éclaboussait pas tout le monde en allant se baigner.

MAINTENANT : on ne passe pas sa matinée de plage à regarder les gens entrer et sortir de l'eau rien que pour se foutre d'eux. On les laisse vivre leur matinée de plage.

PLAGE (déjeuner à la)

AVANT : on s'habillait pour aller au restaurant de la plage. Avec : une robe de plage. Les hommes passaient une chemise et un bermuda.

MAINTENANT : si on déjeune en maillot, c'est avant vingt ans. Si on est mouillé, c'est avant vingt ans. Sinon, on passe un paréo autour de ses seins, on se douche si c'est possible, on n'a pas du sable plein les cheveux et plein les pores de la peau.

POILS (attitude devant des)

AVANT : on ne faisait pas de réflexion aux personnes poilues.

MAINTENANT : on ne s'épile pas devant tout le monde. On ne fixe pas les dos poilus comme si c'étaient des algues chez le Japonais. On ne demande pas aux femmes qui se rasent pourquoi elles ne s'épilent pas plutôt à la cire. Si Bob s'épile les poils du dos, on ne diffuse pas cette information à la cantonade.

POIRE (manger une)

AVANT : on la coupait en quatre. On retirait et la peau et les pépins avec le couteau. La fourchette servait à maintenir le fruit dans l'assiette. On mangeait ensuite avec la fourchette.

MAINTENANT : si on la croque, c'est avec la peau.

POLITESSE (formules de)

AVANT : une femme n'adressait jamais à un homme de « sentiments », même distingués, même les meilleurs, même les plus respectueux. Au sommet de la politesse, elle lui faisait parvenir ses meilleurs souvenirs. Quand on ne savait pas quoi mettre à la fin d'un courrier, on demandait à quelqu'un qui savait, et on mettait ce qu'il disait, même si ça nous semblait ridicule.

MAINTENANT : quand on ne sait pas quoi mettre et qu'on est perdu dans le dédale des « Je vous prie de croire... », « Veuillez agréer... », « Croyez en l'assurance de... », on se borne au simplissime « Bien à vous ».

POUFFER (se retenir de)

AVANT : on ne pouffait pas pour un oui pour un non, sinon c'est qu'on était une pouffe.

MAINTENANT : dans un dîner, quand on a un fou rire, on explique pourquoi aux gens.

PORTE (ouvrir la)

AVANT : quand quelqu'un sonnait, on ne le faisait pas attendre.

MAINTENANT : au moment où la sonnerie retentit, on ne crie ni : « Bob, la porte ! », ni : « Putain Bob, la porte ! J'peux pas tout faire ! », ni : « Merde, c'est eux ! », ni : « Putain, Bob aide-moi ! », ni : « Vite Bob, rhabille-toi, c'est eux », ni même le plus anodin : « J'arriiiiiiiiiiiiiiiiiive ! » On ouvre. Si un invité arrive accompagné alors que ça n'était pas prévu, on se montre enthousiaste. Et on s'intéresse à la nouvelle venue. *Le Savoir-vivre efficace et moderne* considère comme un impair de catégorie 9 le fait d'ouvrir pieds nus.

~~bien amicalement~~ **non**

bien à vous **oui**

~~bisou~~ **non**

~~bisette~~ **non**

XXX **non**

+++ **non**

 **non**

PORTE (sonner à la)

AVANT : quand on sonnait à une porte, on équilibrait entre « ne pas sonner trop longtemps », et « se faire entendre ».

MAINTENANT : si personne ne répond, on sonne à nouveau, mais ce sera l'avant-dernière fois. Ensuite, on ne tambourine pas à la fenêtre, on se contente de passer un coup de fil du portable pour prévenir qu'on est devant la porte ou, si le temps passe, au café d'à côté. Tout cela, bien entendu, dans le cas où notre visite est attendue.

PORTE (tenir la)

AVANT : l'homme tenait la porte à la femme.

MAINTENANT : l'homme tient la porte à la femme, mais la femme ne considère pas cela comme un dû.

POURBOIRE (quoi laisser comme)

AVANT : le service était en général compris dans le montant de la note.

MAINTENANT : on laisse un pourboire. Pas son rebut de pièces rouges de Bernadette Chirac, mais quelque chose qui ressemble à quelque chose (5 euros pour un déjeuner). Si le serveur est particulièrement odieux, on ne lui laisse rien. Et on part très décontracté, en se tenant droit.

PRÉFET (comment appeler un)

AVANT : on l'appelait Monsieur le Préfet ou Madame (sans rien après) si on lui parlait, et Monsieur le Préfet ou Madame le Préfet si on le présentait. On s'adressait à lui à la deuxième personne du pluriel.

MAINTENANT : si c'est une femme et qu'on l'appelle Madame la Préfète, c'est soit qu'on est en train d'écrire un pitch pour TF1, soit que c'est un membre de notre famille. Soit que, non contente d'être préfète, Janine a, en plus, énormément d'autorité. Ou d'humour.

PRÉSENTATIONS (attitude de la femme lors des)

AVANT : une femme ne se levait pas quand on la présentait à quelqu'un, sauf éventuellement, si c'était une femme. Si on la présentait à une personne âgée ou à une femme ministre, par exemple, elle faisait une exception et s'avançait illico pour la saluer. On ne présentait pas une femme à un homme.

MAINTENANT : une femme se lève si elle veut marquer que la personne qu'elle salue est pour elle importante. Sinon, elle reste assise, et basta, sans même passer pour impolie.

PRÉSENTATIONS (faire les)

AVANT : on présentait toujours à la personne la plus âgée la personne la plus jeune.

MAINTENANT : si on a oublié le nom des gens qu'on doit présenter, on ne les présente pas. Sans monter la moindre gêne. Comme si ça nous était tout simplement passé très au-dessus de la tête. On ne dit pas : « Je vous laisse vous présenter. »

PRÉSIDENT (comment parler au)

AVANT : on disait « Monsieur le Président », et on s'adressait à lui à la deuxième personne du pluriel.

MAINTENANT : on ne parle pas au président de la République des casseroles qu'il trimbale. Si on fait la connaissance du président chez des amis, on attend qu'il nous appelle par notre prénom. Et, à partir de là, on l'appelle Jacques. Si plus tard on le recroise, on évite de l'appeler par son prénom, on recommence hardi petit à éviter de l'appeler, le temps d'être certain qu'il se souvient de nous. Et qu'il nous appelle par notre prénom.

PRÊTRE (comment parler à un)

AVANT : on l'appelait « Mon père », « Monsieur l'abbé », « M. le curé », ou « Cher frère » quand on lui parlait, et « le père Untel », « Monsieur l'abbé », « M. le curé », ou « le frère Untel » quand on le présentait. On s'adressait à lui à la deuxième personne du singulier.

MAINTENANT : on dit « Mon père », ou « Frère... » suivi du prénom qu'il s'est choisi. Plus tard, dans la conversation, on ne lui demande pas s'il a des désirs sexuels. Surtout si c'est la seule question qu'on trouve à lui poser.

PROUT (émettre un)

Avant : si on pétait, on ne s'excusait pas. Au point que c'en était à se demander si on avait pété.

Maintenant : si on pète, on peut éclater de rire. Toutefois, pas la peine de recommencer, non plus.

PROUT (entendre un)

Avant : si quelqu'un pétait, on faisait comme si de rien n'était.

Maintenant : si quelqu'un pète, il est cruel, donc malpoli, de le laisser seul dans la gêne de son prout. Il est donc tout à fait admis d'éclater de rire, voire de se saisir de cette anecdote et d'en faire le gimmick de la semaine.

PSY (quand quelqu'un va chez le)

AVANT : on ne disait pas à quelqu'un qui entamait une analyse qu'on ne voyait pas où ça menait de se regarder le nombril.

MAINTENANT : on a de l'indulgence pour le nouvel analysé qui : en parle à tout bout de champ ; croit que son analyse est déjà terminée ; pense que son psy le trouve super ; décide de devenir lui-même psychanalyste ; analyse ses copains ; raconte ses rêves ; veut qu'on mette les choses à plat ; tue le père.

PSY (règles de politesse avec son)

AVANT : on ne se parfumait pas trop quand on allait chez son analyste.

MAINTENANT : poignée de main en arrivant et en repartant. Ensuite, tant que dure la séance, les règles de politesse sont obsolètes, et on peut dire ce qu'on veut au psy, même qu'il est trop parfumé. Toutefois, on respecte la règle inhérente à l'analyse qui est l'absence de contact physique avec l'analyste, et la non-déambulation à travers la pièce. Quand on rate une séance sans prévenir, on la paie.

PSY (envoyer quelqu'un chez le)

AVANT : on ne s'énervait pas contre quelqu'un en lui disant : « Tu ferais mieux d'aller voir un psy. »

MAINTENANT : on ne fait pas le forcing pour que Bob aille voir chez un spécialiste pourquoi, quand il rentre dans une nef, il a un psoriasis. On attend que Bob nous demande l'adresse d'un psy. On lui en fournit alors plusieurs. On ne dit ni : « Ça m'emmerde que t'ailles voir le mien », ni : « Va chez Groddeck, c'est le meilleur. » On ne lui demande pas tous les jours s'il a sauté le pas.

Si Bob va chez le psy, c'est de son plein gré.

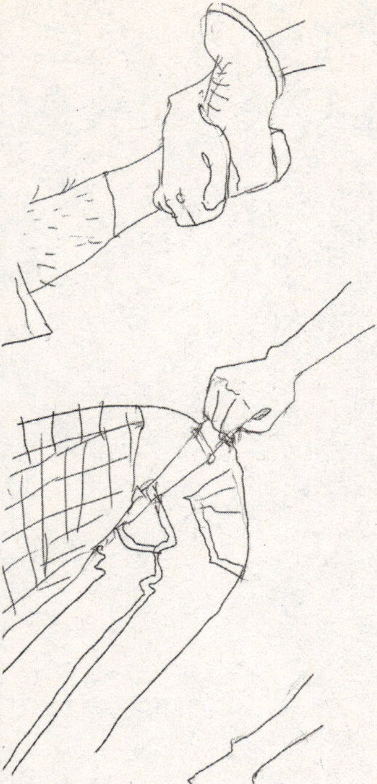

PYJAMA (choix du)

Avant : les hommes étaient en pyjama, les femmes en chemise de nuit. Les deux enfilaient une robe de chambre quand ils sortaient du lit.

Maintenant : si Bob veut faire l'amour, qu'il retire son pyjama.

Q

QUASIMODO (comportement avec un)

AVANT : on ne se moquait du physique de personne. On redoublait de gentillesse avec une personne affreusement laide, car on partait du principe que ça devait surtout être affreux pour elle.

MAINTENANT : se montrer trop compatissant avec une personne abominablement laide est regardé comme un manque total de respect. Parler à cette personne comme à quelqu'un de tout à fait semblable aux autres est la ligne à suivre.

QUEUE (faire la)

AVANT : on n'échangeait que des banalités dans la queue du cinéma, car c'était un lieu public, même si aéré.

MAINTENANT : on ne gratte pas des places dans la queue. On évite d'exprimer son impatience quand la tête de queue est très lente et semble empotée. On peut avoir une conversation personnelle, et si on a suffisamment de charisme, on peut même lier connaissance avec les autres membres de la queue. C'est toujours plus chic d'intégrer ceux de derrière plutôt que ceux de devant qui pourraient penser qu'on veut les doubler.

QUOI ? (dire)

AVANT : on ne disait pas : « Quoi? », on disait : « Je vous demande pardon ? » ou : « Plaît-il ? »

MAINTENANT : on n'impose pas à l'autre notre manière de penser, donc on ne commence jamais une phrase par : «Hein?», donc on ne dit jamais, par exemple : « Hein que Bob est super ? »

RRrr

RACISME (la question du)

AVANT : on ne faisait pas de blagues racistes.

MAINTENANT : on n'en fait pas davantage. Et on ne croit pas que, sous prétexte qu'on dit « les Feujs », ça passe plus inaperçu que si on disait « les Juifs ».

R2 (prendre un)

AVANT : la touche R2 n'existait pas. On essayait de ne pas trop occuper la ligne, au cas où quelqu'un essaierait de nous joindre. Quand on avait appelé pendant des heures un numéro occupé et qu'enfin on tombait sur la personne, on ne faisait aucune réflexion du type : « C'est tout le temps occupé, chez toi… »

MAINTENANT : on n'est pas obligé de prendre un R2. Ce n'est pas parce que cette facilité est à notre disposition qu'on doit interrompre Bob, qui est en train de raconter comment, quand il était petit, il avait peur que les jambons le mangent.

C'est pas parce qu'on a un R2 qu'y faut l'prendre.

Au contraire, Bob sera sensible au fait que, alors que le signal d'appel résonne, on continue de rester concentrée sur lui.

R2 (tomber sur un)

AVANT : ça ne pouvait pas arriver.

MAINTENANT : si on tombe sur : « Votre correspondant est déjà en ligne, nous lui signalons votre appel par un signal sonore », 1) on ne raccroche pas aussitôt, on laisse à l'autre une chance de nous répondre, 2) on peut raccrocher une seconde après le premier signal et rappeler plus tard, 3) on ne rappelle pas toutes les trois minutes. Si notre interlocuteur décroche et nous dit qu'il est déjà en ligne, on n'entame pas une conversation avec lui.

RAISIN (manger du)

AVANT : on coupait la grappe avec des ciseaux si elle était trop grosse. Ce que l'on obtenait alors s'appelait des « grappillons ». Ensuite, on détachait chaque grain avant de le manger.

MAINTENANT : on ne pose pas une grappe énorme sur la table avec l'idée que tout le monde saura bien se débrouiller. On ne dévore rien à même la grappe. On ne remplit pas sa bouche de grains de raisins. On ne recrache ni les pépins ni, bien sûr, la peau. On ne vole pas des grains à la sauvette dans le saladier.

RALLYE (comportement dans un)

AVANT : un rallye était une sorte de club pour enfants de riches, chaque membre organisant à tour de rôle une fiesta, dans de beaux lieux. L'âge des participants allait de 15 à 20 ans. On faisait bien attention à envoyer les invitations trois semaines à l'avance. Dans le rallye, on se comportait bien.

MAINTENANT : les règles demeurent, adoucies. Par ailleurs, de nos jours, un rallye est surtout une sorte d'équipée qui va d'un point à un autre, le plus souvent dans des voitures constellées d'autocollants. On dort tous sous des tentes. La promiscuité des douches communes implique le plus parfait respect des autres. Dans les douches, on se comporte bien.

REMARIAGE (organiser son)

AVANT : on faisait une fête discrète, sans les enfants. On prévenait les gens après, en envoyant un faire-part sobrissime. On y mettait : « Babeth Dutour et Bob Ducoin ont la joie de vous annoncer leur mariage qui a été célébré à Paris dans la plus stricte intimité. »

MAINTENANT : une grande fête est envisageable, et elle peut même avoir des airs de mariage. On évite la voiture de collection, les confettis et les casseroles, surtout vu toutes celles qu'il y a déjà eues dans notre passé. La fête a toutes les apparences d'une surprise-party, d'un week-end de folie, et on peut se conduire en jeunes mariés. Si l'on fait un discours, on évite de dire que c'est le plus beau jour de notre vie si on a ses enfants devant soi. On pense à avoir un mot pour ses enfants. Ils sont nés d'un autre amour, eux.

REMARIAGE (préparer un enfant à un)

AVANT : si l'enfant avait plus de 3 ans, on l'informait de ce qui se passait. Sinon, l'idée était qu'il ne se rendrait compte de rien. Si l'enfant avait plus de 7 ans, on lui demandait son avis avant de se remarier, évidemment de manière à ce qu'il ne puisse pas formuler une opinion trop négative. On n'exigeait pas que l'enfant dise « maman » ou « papa » à un inconnu. On lui proposait d'affubler d'un sobriquet son nouveau « parent », du type « Papounet », mais sans le forcer. C'était juste une proposition. Avant que notre nouveau couple ne soit officialisé, on ne dormait pas dans le même lit que notre compagnon quand l'enfant était dans les parages.

MAINTENANT : on n'appelle pas « fiancé » tous ses petits amis quand on parle d'eux à son enfant. L'enfant n'a pas à connaître tous nos petits amis. On fait en sorte qu'il ne se réveille pas un matin pour nous trouver au lit avec Jack, alors que d'habitude il voyait Bob, sans avoir préalablement

admis que cette situation était : 1) la réalité, 2) naturelle, 3) chouette. Et même quand toutes les précautions ont été prises, l'enfant a le droit d'être surpris, voire franchement en rogne.

REMARIAGE (quoi offrir à un)

AVANT : un cadeau n'était pas obligatoire. Des vœux de bonheur suffisaient, et on devait prendre soin de n'y glisser aucun humour.

MAINTENANT : le cadeau, c'est qu'on y croit de nouveau, au mariage de ce satané ami, et qu'on lui confirme à plusieurs reprises à quel point on est content pour lui. On peut même y glisser de l'humour, tellement c'est proféré avec bienveillance et bonne humeur.

RENDEZ-VOUS (décommander un)

AVANT : quand on décommandait un rendez-vous, on proposait une nouvelle date, puis on s'adaptait immédiatement à l'emploi du temps de l'autre.

MAINTENANT : on a un alibi qui se tient. On n'invente ni le décès subit de sa pauvre maman, ni l'état dépressif d'une amie, surtout si, en plus, on donne son nom, et surtout, surtout, si elle n'est pas du tout dépressive.

RÉPONDEUR (enregistrer l'annonce de son)

AVANT : l'annonce d'accueil était accueillante, limpide, et gaie.

MAINTENANT : l'annonce est sobre, et courte. Pas de blague, pas de musique. Pas non plus l'énoncé de toute la famille : « Vous êtes bien chez Bob, Marianne, Quentin, Valentin, Corentin, Kevin, et Tintin le chien. »

RESTAURANT (qui entre en premier dans un)

AVANT : l'homme entrait avant la femme.

MAINTENANT : l'homme peut laisser entrer la femme avant lui, s'il a deviné qu'elle ne connaissait pas l'ancienne règle.

RESTAURANT (quoi faire en attendant les plats dans un)

AVANT : on ne se jetait pas sur le pain et le beurre, même s'ils étaient là et prévus à cet effet. On attendait les hors-d'œuvre pour le faire. On ne hurlait pas qu'on avait faim, cela ne valorisait en rien le repas à venir, quoi qu'on en pensât.

MAINTENANT : idem et, si c'est un restaurant italien, on ne ratiboise pas tous les gressins de la table. On ne demande pas non plus au garçon d'apporter « déjà du vin, pour

R.V. : Quand on déplace Bob, on le replace.

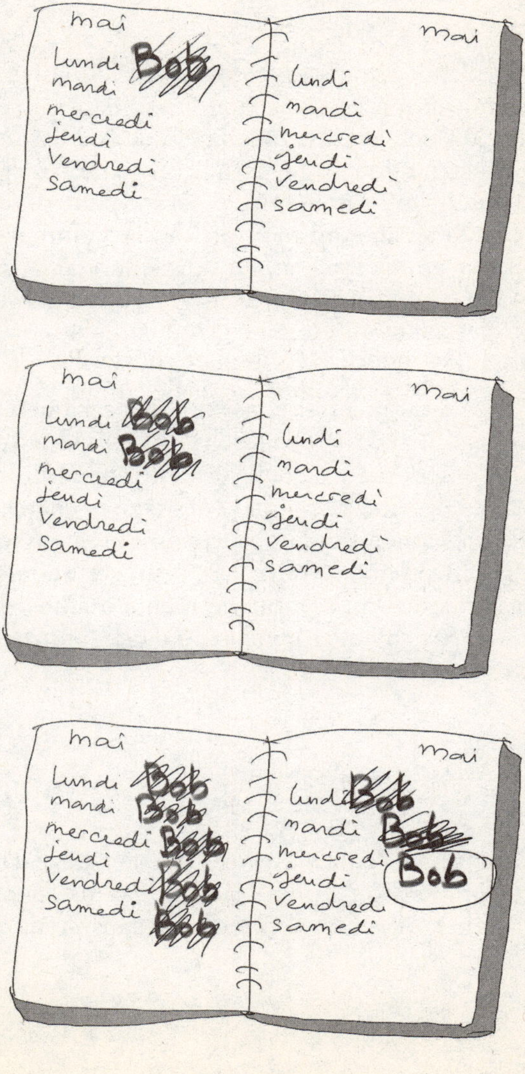

commencer ». Et encore moins d'autres gressins en lui tendant les sachets vides.

RESTAURANT (râler dans un)

AVANT : on n'était jamais en conflit avec le maître d'hôtel. On ne lui faisait aucune réflexion désagréable, mais éventuellement on ne revenait pas dans cet établissement. Si quelque chose manquait, on faisait un signe net et soft au maître d'hôtel. On se moquait de passer pour un connaisseur en vin. Si le vin était mauvais, on ne commençait pas par l'affirmer au sommelier. On lui demandait juste de le goûter pour avoir son avis. Si le vin était effectivement mauvais, il faisait une légère grimace et apportait une autre bouteille.

MAINTENANT : l'attitude qui consiste à penser que « avec le prix qu'on paie » on a le droit de râler est une attitude qui signe la vedette de télé, laquelle est souvent coutumière en impairs de catégorie 9. Le monde des choses chères doit en fait rester un monde fluide où personne n'est crispé. Si la salade verte citron-huile d'olive à 140 euros est douteuse, on en fait la remarque au serveur de manière amusée, à voix basse, et non pas comme s'il s'agissait d'une information qui allait passionner tout le monde.

RESTAURANT (réservation dans un)

AVANT : on avait réservé.

MAINTENANT : si on n'a pas réservé et que le maître d'hôtel dit que c'est complet, on ne le dévisage pas de façon paranoïaque, on le croit, et on s'en retourne sans prendre un air vexé.

RESTAURANT (choisir un plat dans un)

Avant : une fois le maître d'hôtel devant nous, son carnet à la main, on ne tergiversait plus et on arrêtait vite son choix.

Maintenant : on ne décompose pas tous les plats en demandant s'il est possible d'avoir le poulet sans l'estragon et la purée à la place du gratin. Si de telles mutations sont possibles, le maître d'hôtel le proposera de lui-même. Si le

maître d'hôtel fait une suggestion, on ne secoue pas la tête avec une grimace de dégoût.

RETARD (s'être mis en)

AVANT : ou bien on était à l'heure, ou bien on avait une très bonne excuse (décès). Et évidemment, on priait la personne qu'on avait fait attendre de nous excuser.

MAINTENANT : cinq minutes de retard sont tout juste tolérées. Et il est bon de garder à l'esprit que...

• Appeler quelqu'un sur son portable pour le prévenir qu'on est en retard de plus de cinq minutes ne se fait pas.

• Appeler pour prévenir qu'on cherche une place ne se fait pas (doivent être inclus dans le timing les délais de transport et ceux de stationnement, ils ne regardent pas la personne qu'on va retrouver).

• Rejeter la faute sur l'autre (« Tu m'avais dit rendez-vous au premier café en sortant du métro. ») ne se fait pas.

• Considérer que les fréquents retards de l'autre nous donnent toute latitude pour ne pas être à l'heure ne se fait pas (on ne dit pas non plus, même si c'est vrai : « Moi, je passe ma vie à t'attendre »).

• Vouloir faire passer pour une excuse le fait qu'on n'a pas réussi à se libérer plus tôt ne se fait pas.

• Arriver énervé sous prétexte qu'on est en retard ne se fait pas.

RETARD (règles en)

AVANT : quel que fût l'état de panique, on n'ameutait pas tout le monde.

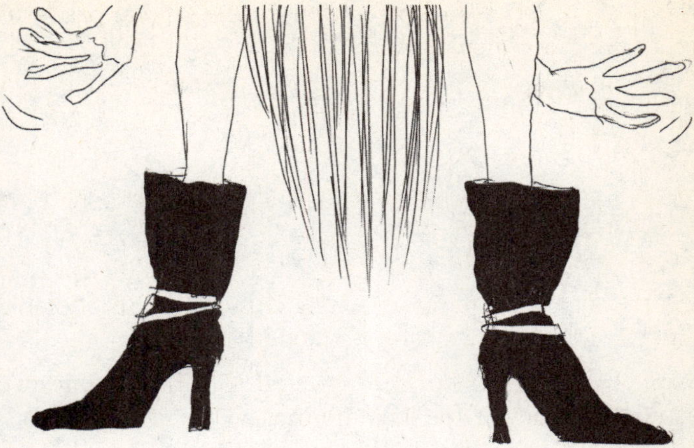

Retard des règles :
on ne panique pas.

MAINTENANT : on ne fait pas croire à Bob qu'on est enceinte dès qu'on a un peu de retard.

RÊVES (raconter ses)

AVANT : on pouvait raconter ses rêves, en s'arrangeant pour que ce soit passionnant. Exemple : « J'ai rêvé qu'une tortue me passait dessus… et c'était la duchesse de Kent. »

MAINTENANT : les rêves n'intéressent que le psychanalyste. On ne les érige pas en sujets de conversation. Si on a rêvé qu'on tuait Bob avec un coupe-chou, on ne le lui raconte pas, même si ce n'est qu'un rêve. Si on a rêvé qu'on faisait l'amour avec quelqu'un qui n'était pas Bob, on ne le raconte pas à

Bob. Quand une personne prétend ne jamais rêver, on la laisse à son rêve, on ne lui fait pas un cours sur l'inconscient.

REVOIR (au)

AVANT : on disait « au revoir ». De même qu'on avait dit « bonjour ».

MAINTENANT : on dit « au revoir », même si on a oublié de dire « bonjour ».

RHUME (avoir un)

AVANT : quand on avait un rhume, on n'embrassait pas les autres. On ne se plaignait pas. On se mouchait plutôt que de renifler.

MAINTENANT : on ne se mouche pas dans du PQ. Même si on est seul à le voir.

ROIS (fête des)

Avant : quand on avait la fève, on choisissait un homme dans un esprit de gentillesse, mais sans afficher trop de condescendance à l'égard du vieux laissé-pour-compte qu'on élisait.

Maintenant : si on a la fève, on le dit, on ne la garde pas coincée dans une babine, même si le seul roi possible est naze.

S

SAC À MAIN (assortir un)

AVANT : sac, chaussures, ceinture et gants étaient de la même couleur. Sinon, on frôlait le désastre.

MAINTENANT : il s'agit de se débrouiller pour que, si quelqu'un note qu'on a des chaussures rouges, une ceinture turquoise et un sac à main jaune, il trouve immédiatement que c'est une idée géniale. Sinon, on frôle le désastre.

SAC À MAIN (choix du)

AVANT : on ne fouillait pas dans le sac à main d'une femme. Si elle disait : « Prends les clefs, elles sont dans mon sac », on allait chercher le sac et on laissait sa propriétaire y enfouir elle-même la main.

MAINTENANT : on ne porte pas son sac à main à son oreille pour vérifier si c'est bien notre portable qui sonne. Et, si on le fait, on s'assure que c'est d'un geste follement drôle, ne contenant rien d'une vraie curiosité.

SAINT-SYLVESTRE (nuit de la)

AVANT : c'était chic de se faire beau.

MAINTENANT : c'est chic d'aller là où il fait beau.

SAINT-SYLVESTRE (quoi faire la nuit de la)

AVANT : on voyait les amis le 31, et la famille le 1er.

MAINTENANT : on n'accepte pas toutes les invitations en pensant qu'on choisira à la dernière minute. On n'emmène pas tous les gens du réveillon de chez Machin finir la soirée au réveillon de chez Untel. On propose d'apporter quelque chose à manger et ce quelque chose est de prix, ce n'est pas de la mousse de canard et du pain de mie sous cellophane. Si on se trouve dans la rue aux douze coups de minuit, on se laisse embrasser par les gens. On n'avait qu'à pas sortir.

SALADE (manger de la)

AVANT : quand une feuille était trop grande, on la coupait avec le tranchant de la fourchette, jamais avec un couteau. En outre, quand la maîtresse de maison mettait les feuilles dans le saladier, elle veillait à les briser, de façon à ce que le problème se pose au minimum.

salade : on casse les feuilles avant.

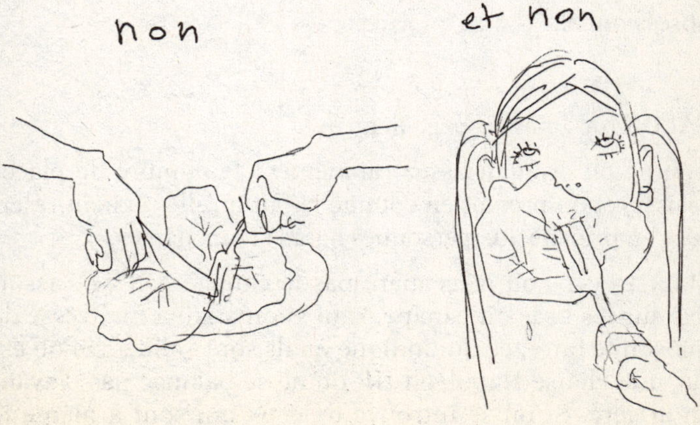

MAINTENANT : en plus de ce qui se faisait avant, on ne scrute pas un des composants de la salade en se demandant ce que c'est. Ce que c'est, on le reconnaît au goût, pas autrement.

SALAIRE (dévoiler son)

AVANT : on ne révélait pas combien on gagnait, à moins que la demande n'émane d'un directeur du personnel. On ne demandait pas le salaire de quelqu'un, sauf si on comptait embaucher cette personne.

MAINTENANT : quand on donne son salaire, c'est en brut. En net, ça fait la personne qui veut se poser en victime.

SALER (quand)

AVANT : on n'oubliait pas de mettre sel et poivre sur la table. On allait chercher le sel à la cuisine, même si quelqu'un était déjà debout et lançait : « Dis-moi où c'est. »

MAINTENANT : si on dit « C'est déjà salé », c'est à la cantonade, et jamais à un particulier qui a déjà la salière en main. Car c'est stigmatiser chez cette personne un réflexe légèrement obsessionnel.

SALON (occuper l'espace dans un)

AVANT : on évaluait assez rapidement le nombre de places assises, et on prenait en compte le fait qu'elles étaient réservées en priorité aux personnes âgées et aux dames.

MAINTENANT : on n'accapare pas le canapé. On ne s'assoit pas sur les bras du canapé, sauf si on a vu la maîtresse de maison le faire, ce qui indique qu'ils sont solides. Si on est sur une chaise Napoléon III, on ne se balance pas d'avant en arrière. Si on se retrouve de ceux qui sont à même le

Savoir se tenir dans un salon :

sol, on garde une position avantageuse. De manière générale, on est mobile, et on ne passe pas la soirée au même endroit, à la meilleure place, avec la même personne.

SALON (passer au)

AVANT : on pouvait refuser café, tisane et liqueur si on n'en avait pas envie. Un homme devait toujours se lever quand une femme lui tendait un verre ou une tasse.

MAINTENANT : après le dîner, on ne s'avachit pas dans le canapé comme si le plus dur était fait.

SALON (table du)

AVANT : il y avait un cendrier sur la table basse. Et dans les maisons un peu intellectuelles, un *Connaissance des Arts*. La table basse n'était pas trop grande. De toute manière, il n'y avait rien à mettre dessus, à part l'apéritif.

MAINTENANT : elle est plutôt grande et assez solide pour signifier que c'est un endroit où on peut tous se rassembler, voire s'asseoir. On ne forme pas des piles avec des livres d'art ou des catalogues d'expo pour montrer sa science. Les magazines qui traînent sur la table doivent être assez luxueux (sauf si pure actu) et assez récents, sinon ça rappelle la salle d'attente du dentiste. Il n'y a pas mille bougies et bibelots sur la table basse, mais plutôt un joli plateau, avec dessus un vase, une bougie, un petit bordel à nous, qui prouve qu'ici on peut faire comme chez soi, qu'il y a une vie après le minimalisme.

bonne table basse

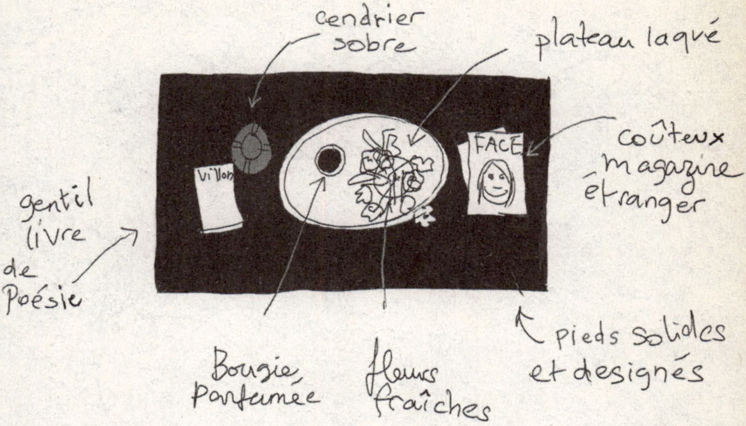

vilaine table basse

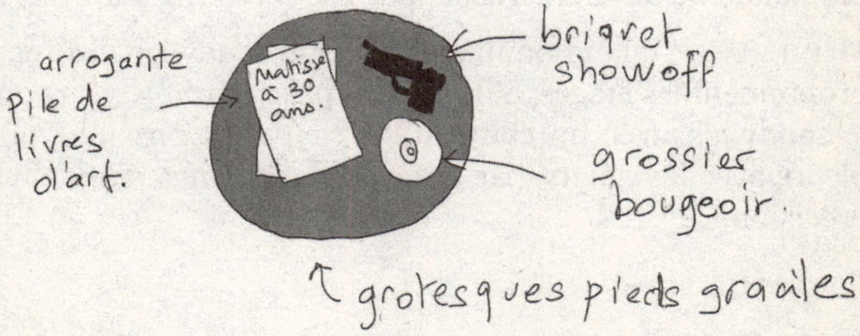

Sandwich : attention au regard des autres en mangeant.

SANDWICH (comment manger un)

AVANT : quand on mangeait un sandwich baguette, on surveillait discrètement l'avant du sandwich. Ni jambon ni cornichon ne devaient s'échapper par cette extrémité.

MAINTENANT : quand on mange un club sandwich, on sépare proprement les étages. S'ils ne sont pas séparables, on coupe le sandwich avec un couteau. Si rien n'est possible, on le picore avec les doigts, par des gestes très lents, d'une divine précision.

SANG-FROID (faire preuve de)

AVANT : on gardait son self-control.

MAINTENANT : on garde son calme.

SAUCE (prendre un peu de)

Avant : on ne sauçait pas. Si la sauce était succulente, on essayait d'en attraper le plus possible avec l'aliment solide qui l'accompagnait. De façon rarissime, il était toléré de piquer un morceau de pain avec sa fourchette, puis de nonchalamment lui faire faire un petit va-et-vient habile dans l'assiette. On ne tenait jamais le bout de pain à la main.

Maintenant : si on a des vues sur la sauce du poulet au fond du plat et que le repas est terminé, on peut prévenir qu'on a envie de saucer, et ainsi amener toute la tablée à commettre un jovial impair. Cette initiative ne doit pas être individuelle. Essayer de la faire passer inaperçue ne la rendra que plus impolie.

SAVOIR (étaler son)

Avant : on n'usait ni de termes techniques ni de mots trop compliqués quand on parlait à quelqu'un qui ne pouvait pas les comprendre.

Maintenant : si on en sait plus que l'autre, on s'assure qu'il demande à apprendre avant de lui fourguer nos connaissances.

SECRET (confier un)

AVANT : si on confiait un secret à quelqu'un, ce n'était jamais sur une tierce personne.

MAINTENANT : on n'impose pas à l'autre un secret qu'il ne pourra pas garder.

SECRET (garder un)

AVANT : tous les secrets devaient être gardés. Même s'il apparaissait vite que tout le monde était au courant.

MAINTENANT : tous les secrets doivent être gardés. Même si l'intéressée elle-même se répand à tout va.

SÉNATEUR (comment appeler un)

AVANT : on l'appelait « Monsieur le Sénateur », ou « Madame le Sénateur », et on lui parlait à la deuxième personne du pluriel.

MAINTENANT : on ne demande pas à un sénateur à quoi sert au juste sa fonction. On a un minimum d'instruction civique et on sait que les lois, à un moment donné, passent par le Sénat. On sait où est le Sénat dans Paris. Avec ces bases, on doit être capable de tenir une heure.

SERVEUSE (attitude avec une)

AVANT : on ne prenait pas la serveuse de haut.

MAINTENANT : on ne regarde pas le cul de la serveuse.

SEXUEL (juron)

Avant : tout ce qu'on disait de grossier pendant l'acte sexuel, on l'oubliait le lendemain. Lors de l'acte, la grossièreté, si elle avait lieu d'être, devait aller crescendo. L'un disait une chose, l'autre abondait dans son sens, et ainsi de suite. Si un mot grossier ne faisait pas plaisir au partenaire, on trouvait aussitôt un autre mot grossier, mieux ciblé.

Maintenant : tout ce qu'on dit de grossier pendant l'acte sexuel, on pose que c'est pure boutade de l'inconscient qui a bien le droit, de temps à autre, de se libérer. Mais si on a traité son partenaire de « gros bâton de berger », et qu'il a montré sur le moment une adhésion folle à ce concept, on évite de l'appeler comme ça devant des amis. Cela fait partie de la sphère de l'intime.

Juron sexuel : oser dépasser les limites.

SEXUEL (se déshabiller avant un acte)

AVANT : l'homme se débrouillait pour retirer ses chaussettes en douce en embrassant la fille.

MAINTENANT : un grand naturel signe la différence entre le bourrin et l'homme chic. Le moins chic, pour l'homme, étant de plier avec soin ses affaires sur le rebord de la chaise, puis de se glisser nu sous les draps, en attendant sa partenaire. Le plus chic étant de se foutre complètement de l'état du vêtement quand on aura à le remettre sur soi.

SEXUEL (quoi faire après un acte)

AVANT : l'homme essayait de ne pas s'endormir, la femme, de ne pas glapir des mots d'amour.

MAINTENANT : deux cas : 1) c'était bien : on rassure le partenaire en prenant un air béat ; 2) ça n'était pas bien : on rassure le partenaire en prenant un air béat.

SIGNATURE (apposer sa)

AVANT : on signait les lettres. Si on était un homme et qu'on écrivait à un ami, on signait de l'initiale de son prénom, suivie ou non du nom de famille. Si on était une femme et qu'on écrivait à une amie, on signait de son prénom.

MAINTENANT : on signe les mails de son nom complet quand on veut leur conférer un aspect officiel. Sinon, on signe de son prénom. Écrit à la main sur une lettre, le prénom doit être lisible. Ce n'est pas un salmigondis collector pour graphologues. Aucun cœur dessiné sous notre signature. Pas de fleurs non plus, même si on est jardinier.

SKIS (quitter les remontées mécaniques à)

AVANT : on faisait la queue sans doubler, et on accueillait volontiers un passager inconnu s'il y avait de la place sur notre télésiège. À l'arrivée, on ne s'appuyait pas sur le voisin pour prendre l'élan nécessaire à notre descente. Chacun était maître de ses bâtons.

MAINTENANT : on fait toujours la queue de la même manière, et si, comme cela arrive de plus en plus souvent, quelqu'un nous passe devant en montant sur nos skis, on ne pique pas une crise de colère comme un vulgaire automobiliste, on se souvient qu'on est en vacances, et si on fustige le skieur impoli, c'est en se payant sa tête plutôt qu'en lui donnant un coup de boule.

Le slip

si le slip dérange,
on peut le virer.

Si le slip ajoute un plus,
on peut le garder.

SLIP (quoi faire avec son)

Avant : il était aussi propre que son propriétaire. Le slip avait beau être vieux, il était immaculé. On ne se baignait pas à la mer en slip. Le slip ne dépassait pas du pantalon. Quand on retirait son slip, ça avait une certaine allure. On n'en faisait pas trop.

Maintenant : si on retire son maillot de bain et remet son slip sur la plage, on peut rester debout, mais on est rapide, sauf si c'est une plage de nudistes. De temps à autre, on jette ses vieux slips. On ne se présente pas à son compagnon (ni à sa compagne) avec un vieux slip qu'on compte « finir ». Si on a un string, on ne l'impose pas aux autres. Les autres peuvent l'apercevoir quand on s'accroupit, mais si c'est ce qui leur saute aux yeux quand ils les ouvrent, c'est moins chic.

SOBRIQUET (affubler quelqu'un d'un)

Avant : le pire, c'était de donner à quelqu'un un sobriquet qui raillait son physique.

Maintenant : le pire, c'est de donner à quelqu'un un surnom qui raille ses capacités sexuelles.

SOIF (avoir)

Avant : quand on voulait se servir à boire, on proposait toujours aux autres de boire avec nous. Et on les servait avant nous. Si tout le groupe des randonneurs crevait de soif et qu'on arrivait à une fontaine, on n'accaparait pas le robinet, on buvait un petit peu et on cédait la place aux autres.

Maintenant : on évite les râles de contentement une fois la bouteille avalée.

SOLDES (faire les)

Avant : si on avait acheté quelque chose en solde, on ne le disait pas. On n'offrait jamais une solde.

Maintenant : on ne demande pas un prix sur un vêtement déjà soldé, sauf si : 1) on est dans un magasin d'usine, 2) l'article présente un défaut. Par discrétion, si quelqu'un nous demande le prix de notre magnifique cashmere 14-fils, on peut inventer qu'on l'a acheté en solde.

SOURIRE (savoir)

Avant : on souriait…

- quand on demandait quelque chose ;
- quand on offrait quelque chose ;
- quand on recevait quelque chose ;
- quand on payait quelque chose ;
- quand on perdait quelque chose ;
- quand on goûtait quelque chose ;
- quand on répondait quelque chose ;
- quand on précisait quelque chose ;
- quand on aidait pour quelque chose ;
- quand on nous reprochait quelque chose ;
- quand on avait quelque chose à dire.

Maintenant : mieux vaut un sourire franc qu'un sourire forcé. Donc, on se débrouille pour avoir un sourire franc.

STYLO (utiliser un)

Avant : on ne le faisait pas tourner entre ses doigts. Le bruit pouvait énerver. On ne le mâchonnait pas. L'aspect pouvait

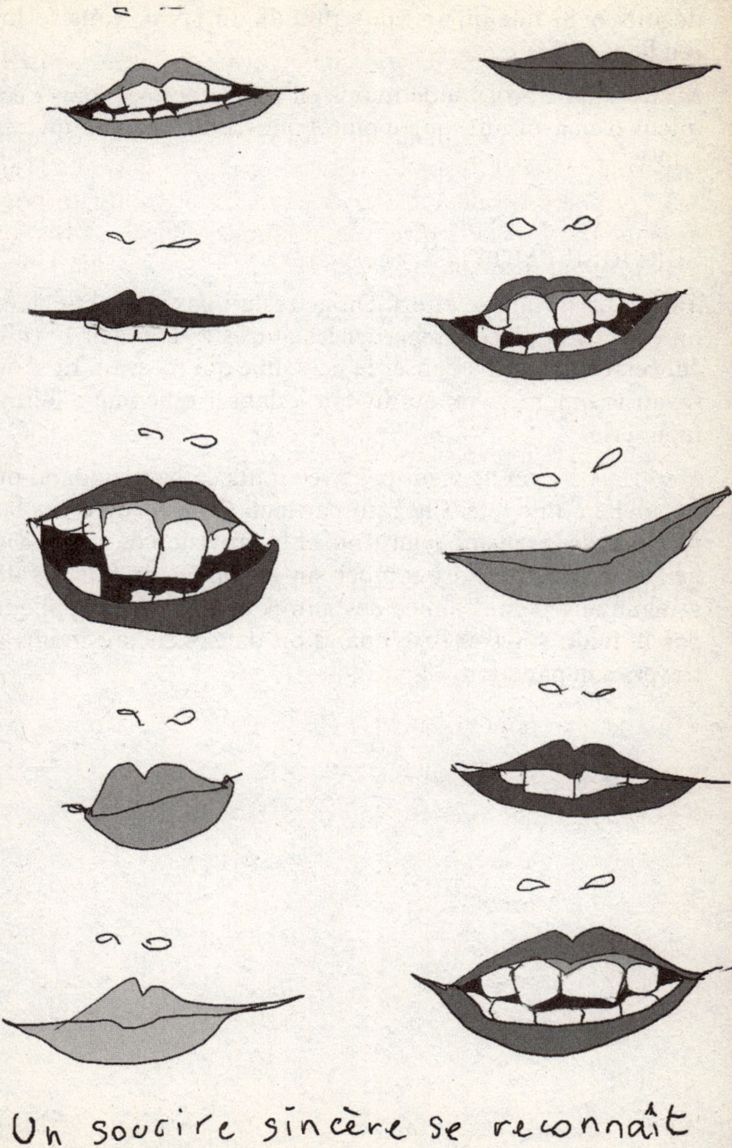

Un sourire sincère se reconnaît toujours.

dégoûter. Si quelqu'un vous prêtait un stylo, vous le lui rendiez.

MAINTENANT : on en a de moins en moins besoin, mais c'est mieux d'en avoir un sur soi plutôt que d'en demander un aux autres.

SURPRISE-PARTY (protocole de la)

AVANT : on faisait un effort. On ne restait pas immobile dans un coin de la pièce à regarder les autres légèrement se ridiculiser. On invitait à danser la personne qui recevait. Et si on savait vraiment vivre, on invitait à danser quiconque faisait tapisserie.

MAINTENANT : on ne vient pas avec toute sa bande quand on est invité à une fête. Chez un particulier, on n'ouvre pas les placards de la cuisine pour trouver la provision de vodka. On ne laisse pas sa cendre tomber sur le sol. On ne fait pas du gringue aux petites amies des autres invités. On n'applique pas la main sur son sexe quand on danse, encore moins à travers son pantalon.

T Tt

TABLE (comment s'asseoir à)

Avant : les deux battants de la porte de la salle à manger étaient ouverts. Le maître de maison offrait le bras à une femme qu'il voulait honorer en la plaçant à sa droite, les autres invités suivaient, deux par deux, et la maîtresse de maison fermait la marche vers la table au bras du monsieur qu'elle voulait honorer en le plaçant à sa droite.

Maintenant : si on est invité, on n'est pas le premier devant la table. On ne demande pas : « Comment on se met ? », ça fait échangistes. On ne critique pas le plan de table au motif que l'alternance homme-femme n'est pas respectée, ça fait réactionnaire. Si on est homosexuel, on n'exige pas d'être assis à côté de son amoureux, au motif que l'alternance peut marcher pour tous. On ne s'assoit pas avant la maîtresse de maison.

TABLE (serviette de)

Avant : on la dépliait et on la posait sur ses genoux. À la fin du repas, on la laissait en boule sur la table.

MAINTENANT : quand les gens restent plusieurs jours, on change chaque jour leur serviette, d'autant plus volontiers qu'elle est en papier. On ne se contente pas de poser sur la table du repas un rouleau de Sopalin. On ne se mouche pas dans une serviette de table en papier. Sauf cas rares : par exemple, allergie subite à la menthe, ou pleurs de rire. Auquel cas, de toute manière, personne ne doit s'apercevoir qu'on se mouche. Tout cela doit rester très discret.

Un dîner dans la norme :

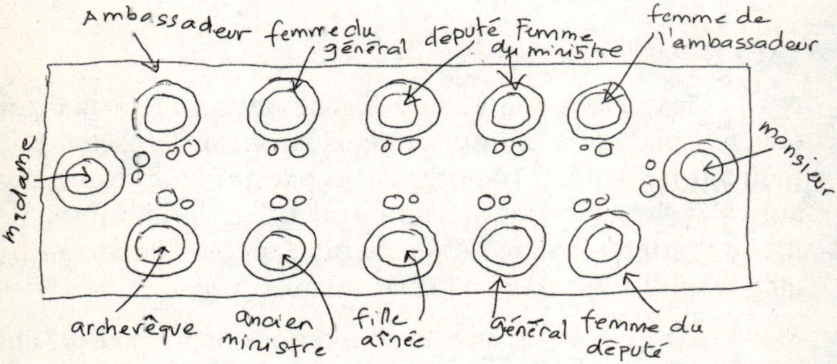

Un dîner hors norme :

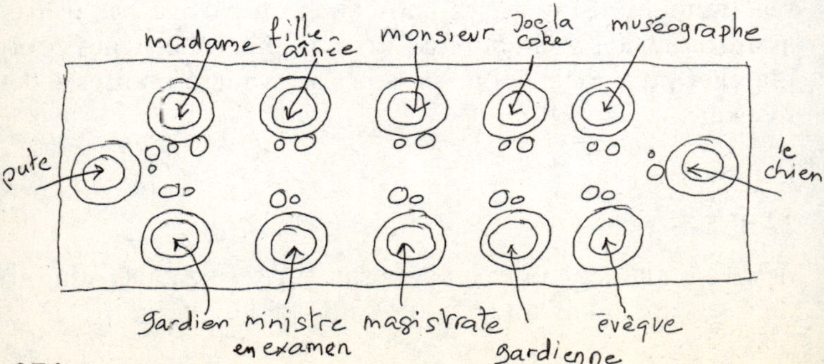

TABLE (plan de)

Avant : s'il y avait plus de huit personnes, on marquait les places avec un petit carton posé à droite de l'assiette. Sur le carton, le nom de la personne était toujours précédé des mentions « Madame », « Mademoiselle », « Monsieur ». Le maître et la maîtresse de maison se faisaient face.

Maintenant : si des gens veulent être scotchés, on ne les déscotche pas avec autorité. On ne place pas côte à côte la bombasse de la soirée et le vieux queutard de service, surtout s'ils sont accompagnés d'ombrageux conjoints. On place à sa droite l'invité à qui l'on veut faire honneur, il y est d'office placé s'il est étranger.

TABLE (tousser à)

Avant : si on sentait qu'on allait tousser, on demandait aux autres de nous excuser et on allait tousser hors de table, dans une autre pièce. On ne se contentait pas de tourner sa chaise et de tousser dos aux autres. Chacun de nos gestes, même en cas d'étouffement imminent, était empreint du plus grand calme.

Maintenant : si on tousse, on ne fait pas de grands gestes pour désigner la bouteille de flotte comme une bouée de sauvetage à nous passer presto.

TABLE (se servir à)

Avant : on ne se servait pas trop copieusement lors du premier tour. On ne commençait pas avant la maîtresse de maison.

Maintenant : on ne commence pas avant la maîtresse de maison, même si le maître de maison est un goujat qui le fait et semble inciter les autres à suivre son exemple. On attend. Toutefois, il est charmant de piocher dans son assiette, juste une fois, pour indiquer qu'on ne peut se retenir de goûter un plat si appétissant. Et aussi pour alléger cette ambiance un tantinet « à vos marques, prêt... »

TABLE (faire ce qu'on veut à)

Avant : si on voulait se lever, retirer sa cravate, sa veste, fumer une cigarette, on demandait la permission à la maîtresse de maison. Quand on prenait la parole, c'était de préférence qu'on répondait à une question. Pour un enfant, cette règle était obligatoire.

Maintenant : si c'est pour aller aux toilettes, qu'au moins cela ne soit pas cinq fois de suite et dans le but évident de s'envoyer un petit rail.

TABLE (se tenir à)

Avant : on s'alignait sur le comportement de la maîtresse de maison. Si elle était guindée, on se tenait raide, les coudes dans le prolongement des épaules. Si elle était « décontract », on pouvait « ramollir le balai ». Si on était soi-même la maîtresse de maison et qu'un des invités posait le saladier du mauvais côté (le droit) pour se servir, on ne l'humiliait pas en replaçant le saladier à la bonne place. Éventuellement, on faisait aussi la faute pour montrer qu'à la limite, ce n'en était pas une.

Maintenant : la maîtresse de maison montre l'exemple, sans se soucier de savoir s'il est suivi ou pas. Si quelqu'un met le saladier du mauvais côté avant de se servir, on n'en tire pas de conclusions sur les qualités globales de cette personne. Ça n'a rien à voir.

TABLE (utiliser les bons couverts à)

Avant : le couteau à droite et la fourchette à gauche (jamais les dents en l'air). Pendant le repas, le couteau à droite et la fourchette dans l'assiette. À la fin du repas, couteau et fourchette côte à côte alignés de biais dans l'assiette. Jamais croisés. Jamais un de chaque côté de l'assiette.

MAINTENANT : on ne se trouve pas comme alibi que cette règle étant différente selon les pays, cela la rend inopérante. On l'applique La maîtresse de maison peut parfaitement demander à chacun de « garder ses couverts » en ramassant les assiettes. On les retire alors de l'assiette, en prenant un air enchanté et soumis. Et on pose sans culpabiliser son couteau bourré de gorgonzola sur la nappe de lin. Dans un restaurant asiatique, on peut demander des couverts.

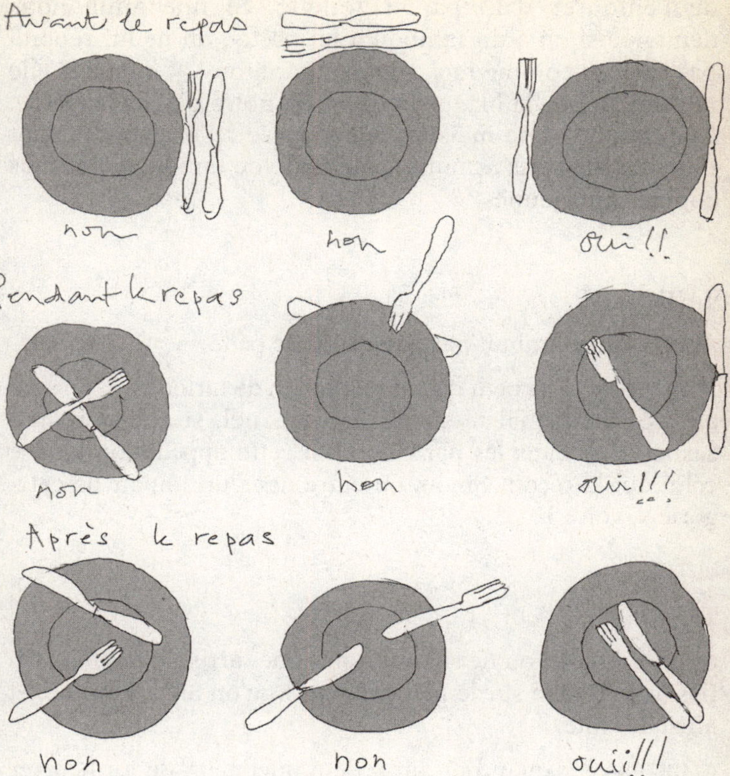

TAMPON (chercher un)

AVANT : on ne demandait pas discrètement à la maîtresse de maison si elle avait un tampon, même si on appelait ça une « garniture ».

MAINTENANT : on peut demander, discrètement. On ne jette pas son tampon usagé dans les toilettes qui ne sont pas raccordées au tout-à-l'égout. Si on le jette dans une poubelle, même dans un café sordide, on prend soin, avant, de l'entourer d'un papier toilette. Si une amie nous demande si on a un tampon à lui prêter, on ne lui répond pas : « Fais comme moi, mets un mouton ! », même si elle ne connaît pas la blague et que c'est notre blague préférée. Une maîtresse de maison ménopausée reste pop en ayant toujours dans ses armoires une boîte de tampons, pour les copines plus jeunes.

TARLOUZE (traiter quelqu'un de)

Avant : on ne traitait pas quelqu'un de pédé.

Maintenant : on peut traiter quelqu'un de tarlouze, si on s'est assuré avant qu'il n'est pas homosexuel, si aucun homosexuel n'est dans les parages, et si cette appellation amuse celui qui la reçoit. Sinon, on entre dans un impair de catégorie 9, voire 10.

TARTINE (se beurrer la)

Avant : à table, on ne se faisait pas une tartine complète. On posait le beurre sur le petit morceau qu'on allait croquer, et ainsi de suite.

Maintenant : quand on propose à quelqu'un de lui beurrer une tartine, on le fait vraiment, on ne met pas du beurre juste sur un petit coin. Quand quelqu'un n'aime pas le beurre salé, on ne lui dit pas « T'as tort, c'est ce qu'il y a de meilleur », on va lui chercher du beurre doux.

TAXI (attendre un)

Avant : on se plaçait à la station, et on ne doublait personne.

Maintenant : si quelqu'un nous double, on ne l'insulte pas, on le regarde paisiblement, on lui sourit, on lui fait remarquer que la queue n'est pas dans le sens qu'il avait imaginé.

Le mieux, c'est de l'avoir accueilli par un signe de tête dès son arrivée, de façon à ce qu'il ait bien conscience de notre existence.

TAXI (donner un itinéraire à un chauffeur de)

AVANT : si on avait un itinéraire préféré, on l'indiquait au chauffeur. Si on voyait que le chauffeur se trompait d'itinéraire, on ne le sermonnait pas, on lui expliquait qu'il se trompait, sur un ton avenant.

MAINTENANT : on se conduit comme avant, et si le taxi est agressif, on le calme en lui disant qu'il a raison mais que nous, on préfère notre itinéraire. On ne se bat pas avec lui pour savoir si son parcours est meilleur que le nôtre. On dit juste ce que c'est par là qu'on veut passer.

TAXI (écouter la conversation d'un chauffeur de)

AVANT : on n'était pas obligé de répondre à un chauffeur de taxi.

MAINTENANT : si le chauffeur de taxi parle tout du long et nous prend à partie avec des propos scandaleux, ce n'est pas impoli de ne rien répondre. S'il est gracieux et a envie de parler, on a aussi le droit de se laisser faire.

TAXI (téléphoner dans un)

AVANT : on ne pouvait pas téléphoner dans un taxi. Pour des raisons techniques.

MAINTENANT : on prévient le chauffeur de taxi qu'on passe un coup de fil, afin qu'il ne soit pas surpris de nous entendre parler, et qu'il réponde à la place de notre interlocuteur.

Nous, au téléphone, à un ami :

« Tu fais quoi c'soir ? »

Le taxi, à nous :

« Ben je fais la fête à ton corps, ma belle… »

Et bien sûr, s'il répond que ça le dérange, on téléphone quand même.

TEINTURE (se faire une)

AVANT : on ne disait pas qu'on avait les cheveux teints. Et on ne demandait jamais à quelqu'un si c'était sa vraie couleur.

MAINTENANT : le fait de se teindre les cheveux n'a plus forcément à voir avec l'âge, donc c'est moins honteux. On peut s'extasier sur la couleur de cheveux d'une personne qu'on connaît, mais on continue de la boucler quand la personne a la tête mi rasée mi ratissée de mèches couleur queue-de-bœuf sur la tête.

TÉLÉPHONE (appeler quelqu'un au)

AVANT : après cinq sonneries, on raccrochait.

MAINTENANT : si on tombe sur le répondeur, on ne raccroche pas, au contraire on laisse un message. La personne qu'on appelle a le droit d'utiliser le répondeur comme filtre.

TÉLÉPHONE (être appelé au)

AVANT : si quelqu'un appelait chez vous pour parler à Bob, vous ne demandiez pas : « C'est de la part de qui ? », vous disiez juste : « Ne quittez pas. » Quand Bob prenait le combiné, vous sortiez de la pièce.

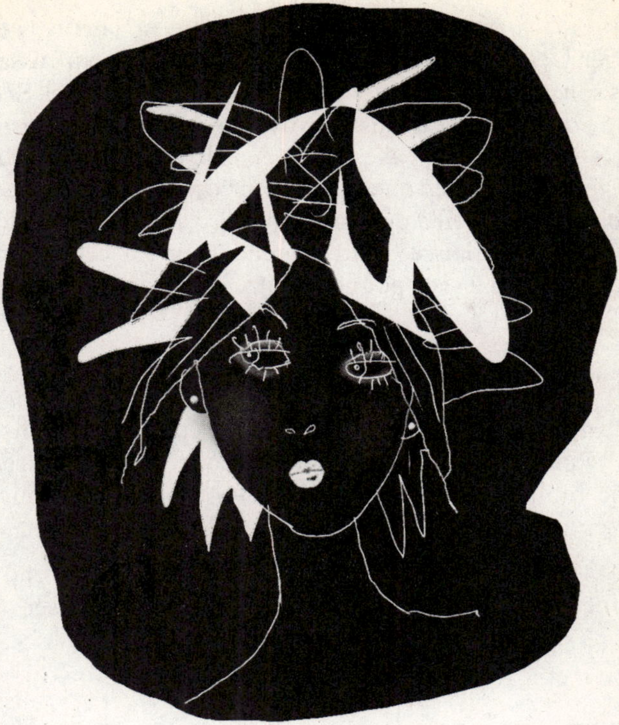

Une bonne teinture se voit au premier coup d'œil.

MAINTENANT : normalement, ça n'arrive plus, car Bob a un portable. Mais si ça arrive, la règle est identique. Même si on a un téléphone sans fil, ça reste à nous de sortir.

TÉLÉPHONE (heures pour appeler quelqu'un au)

AVANT : on ne téléphonait au domicile d'une personne ni avant 9 heures ni après 21 heures. On évitait aussi les heures des repas.

MAINTENANT : on appelle sur le portable si l'heure peut déranger. C'est au destinataire de décider lui-même, en laissant ou pas son portable allumé, s'il a envie de prendre l'appel. Si on veut être délicat, on peut aussi envoyer un petit texto, en disant : « Tu es là ? ». On n'appelle pas les gens le week-end à l'heure de la sieste, car la personne peut avoir oublié de couper son portable. Si on réveille quelqu'un, on dit : « Pardon, pardon, pardon… » et on laisse l'autre se rendormir sur cette bonne parole, même s'il insiste pour connaître l'objet de notre appel.

TÉLÉPHONE (place du)

AVANT : mettre le téléphone dans l'entrée était plouc. Dans le salon ? Plouc. Le mieux, c'était de l'installer dans un bureau ou une bibliothèque, une pièce où on pouvait s'isoler et bavasser à son aise, à l'abri des oreilles de la maisonnée.

MAINTENANT : où que soit la base du téléphone, on prend le combiné et on part s'isoler quand on a un appel à passer.

Place du téléphone : en tout cas, pas dans l'eau.

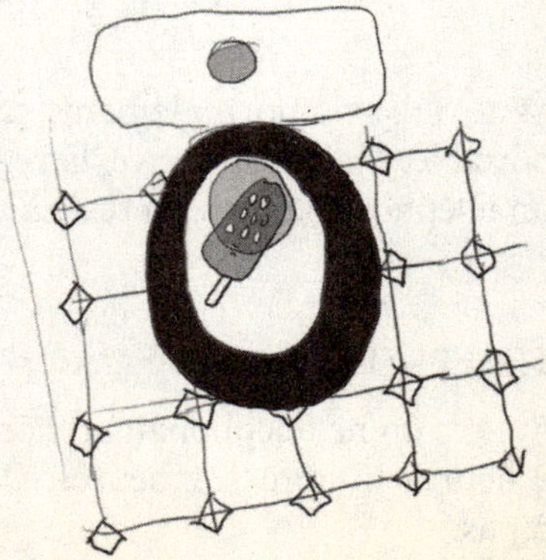

TÉLÉPHONE (raccrocher le)

AVANT : c'était toujours celui qui appelait qui raccrochait le premier. C'était également lui qui rappelait si la communication était coupée.

MAINTENANT : examinons une attitude voyou de catégorie 9 :
J'appelle Machin à Londres.
Je dis à Machin que je l'entends mal.
Je raccroche sans prévenir.
Machin croit qu'on a été coupé.
Je ne rappelle pas.
J'attends que Machin rappelle.
Je fais croire à Machin que ça ne captait plus.
Je discute très longtemps avec Machin.
Mine de rien, c'est Machin qui paie tout.

TÉLÉPHONE (s'annoncer au)

AVANT : on composait un numéro et, dès qu'on l'obtenait, on se présentait.

MAINTENANT : même si votre numéro s'affiche (et parfois votre nom) sur le téléphone de la personne que vous appelez, il est encore d'usage de se présenter. Mais on peut aussi se contenter de prononcer le nom de la personne qu'on appelle, si on la connaît très bien. Si on dit : « C'est moi », c'est parce que l'autre peut aisément deviner qui on est. Dire son nom et enchaîner sur ce qu'on a à dire, c'est un peu gros.

TÉLÉPHONE (se présenter au)

AVANT : si quelqu'un appelait à votre domicile et demandait à parler à Bob, et se présentait, même si vous aviez entendu parler de cette personne et donc que c'était pour ainsi dire comme si vous la connaissiez, vous n'en faisiez pas mention.

Maintenant : si quelqu'un appelle pour parler à Bob, et que c'est quelqu'un dont vous avez entendu parler, vous avez le droit de dire qui vous êtes. Mais une conversation n'est pas engagée. Surtout, vous ne vous mettez pas à parler de Bob en douce.

TÉLÉVISION (quand ne pas allumer la)

Avant : l'été, on n'allumait pas la télévision quand la fenêtre était ouverte. Si le téléviseur était dans notre chambre, on veillait à ce que le son soit faible après 22 heures, car le voisin du dessus avait sans doute lui aussi sa chambre au-dessus de la nôtre.

Maintenant : on n'écoute pas les clips comme si on allait là, tout de suite, danser dessus. On ne laisse pas les clips, même en simple fond visuel, quand on a des invités. On ne met pas non plus les infos quand on a des invités, sauf si un événement majeur est survenu. On ne propose pas aux invités de regarder avec nous la cérémonie des Oscars. Invité, on ne demande pas à regarder la télé. Si on passe soi-même dans une émission de télévision, on n'impose pas son visionnage aux amis qui sont venus nous voir en vrai.

TENNIS (jouer au)

Avant : on était en tenue de tennis blanche. On jouait bien. Si quelqu'un ne jouait pas bien, on visait bien quand on lui renvoyait la balle. Sinon, il pouvait se sentir humilié.

Maintenant : si on regarde jouer des joueurs, ce sont des joueurs qui savent jouer. Sinon, ils peuvent se sentir humiliés.

Télé : savoir reconnaître un vrai reality show.

TEXTO (usage du)

AVANT : on n'avait pas de portable, donc on n'avait pas de texto. On s'envoyait des télégrammes dans les cas extrêmes. C'était le texto du passé.

MAINTENANT : on ne s'engage pas dans un grand match de textos avec un flirt potentiel, si on est déjà en conversation avec des amis. C'est très désagréable pour eux de nous voir accaparé, et pas par eux. On ne se sent pas obligé de répondre à un texto. Si notre correspondant ne répond pas, on n'insiste pas, et surtout on ne se vexe pas. Les fautes d'orthographe sont tolérées, à la seule condition qu'elles soient au service d'un raccourcissement du mot. Par exemple, on peut écrire : « Où té ? », mais on ne peut pas écrire : « Où ta bite ? »

THALASSO (le tact en)

AVANT : on se laissait faire par les soignants. Si on croisait des connaissances, des amis de Paris par exemple, on n'était pas trop affable, car on n'oubliait pas que la thalasso était un lieu de repos et de recentrage. Le soir, on faisait un effort de présentation, comme dans tout grand hôtel.

MAINTENANT : on ne fait pas la malade. On ne drague pas le personnel soignant. On ne demande pas toutes les deux secondes un service au personnel soignant. Si on croise une connaissance, on lui dit bonjour, on ne prend pas la fuite, même si on porte des tongs bleu roi, un masque vert et un peignoir saumon.

THÉÂTRE (comportement au)

AVANT : on tâchait d'être élégant quand on allait au théâtre. On arrivait largement en avance. Notre ventre ne gargouillait pas. On ne faisait pas lever toute la rangée juste avant le début pour aller faire pipi. On ne parlait pas pendant la représentation. Si

Usage du texto:

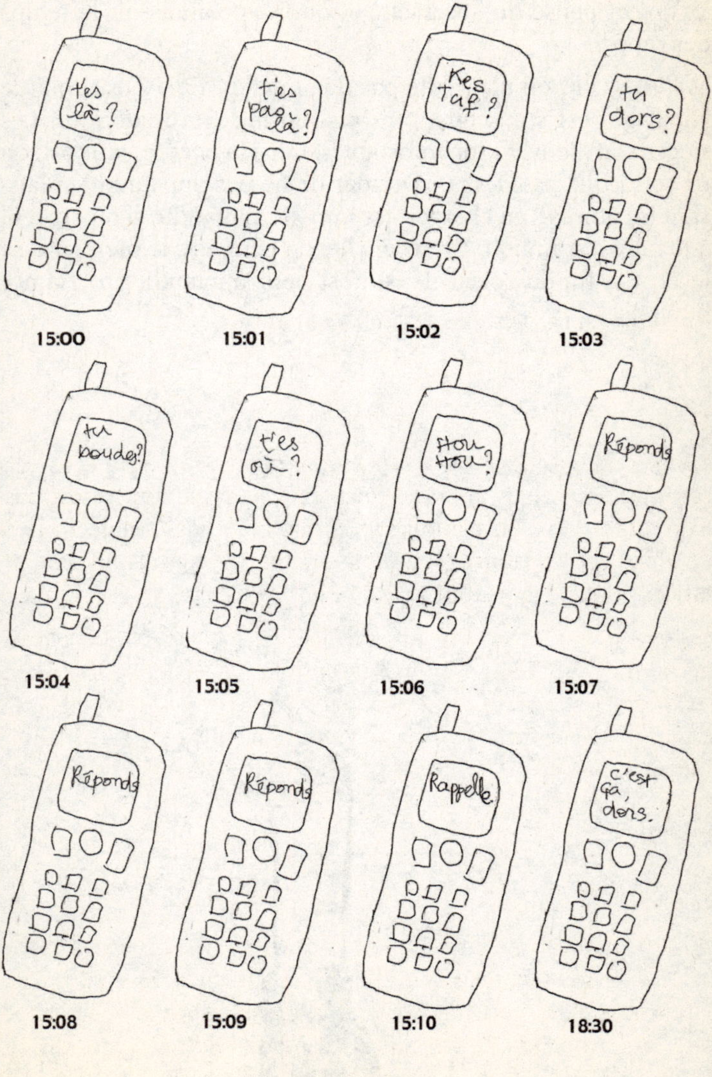

on avait des jumelles, c'était de toutes petites, et on les manipulait avec adresse. Si on s'endormait, on ne ronflait pas. Quand la pièce était finie, on applaudissait à tout rompre, quoi qu'on ait pensé du spectacle, et on ré-applaudissait le temps des rappels.

MAINTENANT : on n'apporte pas de jumelles. Et si c'est Bob (de Niro) qui est sur scène, tant pis, on le regarde de loin. Les sièges sont souvent inconfortables, mais là encore, tant pis, on ne se tortille pas dessus. Décider de ne pas applaudir, en laissant les autres s'en charger, est impoli. Applaudir, si on est seul à le faire, est impoli. En revanche, on peut être le premier à se lever à la fin du spectacle, si c'est pour applaudir en criant « bravo ! »

Quand la pièce est terminée on s'éclipse, même si on a les plus grosses jumelles.

TOUSSER (entendre quelqu'un)

AVANT : on n'arrêtait pas de parler quand quelqu'un toussait. On n'attirait pas l'attention sur cette toux.

MAINTENANT : si la toux de quelqu'un est inquiétante, on ne le lui fait pas remarquer, sauf si c'est un proche. Si notre voisin tousse au cinéma, on ne se retourne pas vers lui, excédé.

TOUTOU (agressivité du)

AVANT : si on avait un chien méchant, il avait une muselière, s'appelait Brutus, et gardait une maison, dotée d'une plaque « chien méchant ».

MAINTENANT : si on a un roquet agressif, même si c'est une chienne et qu'elle se prénomme Chouette, on la laisse garder la maison.

TOUTOU (crottes de)

AVANT : au moment de s'accroupir, le chien pensait à aller dans le caniveau, d'où il regardait son maître avec un amour inconditionnel, ainsi qu'une totale fierté à l'idée d'être aussi soumis.

MAINTENANT : au moment où le chien commence à s'accroupir, on le tire vers le caniveau. Même si personne ne regarde. Dans le cas où le chien fait caca par surprise sur le trottoir, on s'arrange avec les moyens du bord pour faire disparaître vers le caniveau la crotte en question. On ne se remet pas du rouge à lèvres en se regardant dans une vitrine pendant que son chien fait ses besoins sur le trottoir.

TOUTOU (diplomatie avec un)

AVANT : quand il aboyait avec férocité, on regardait le chien droit dans les yeux pour lui montrer de quel côté était la force. On lui disait : « Gentil chien » quand il approchait. On n'était jamais cruel avec un chien.

MAINTENANT : quand un chien aboie avec une relative férocité, on s'accroupit, car la psychanalyse est passée par là, et souvent le chien aboie parce qu'il a peur d'une bête plus grande que lui. Si le chien est moche, on ne le dit pas au maître. Quand on est le maître du chien et que le chien pète, on n'en fait pas un fromage. En revanche, il n'est pas interdit de s'excuser à la place du chien, évidemment sans insister.

TOUTOU (venir avec son)

AVANT : on demandait aux gens si on pouvait venir avec son chien.

MAINTENANT : on prévient qu'on vient avec son chien. Si le moindre bémol est émis, on trouve aussitôt un doggy-sitter.

TOUTOU (éducation du)

AVANT : le chien devait obéir à son maître au doigt et à l'œil.

MAINTENANT : quand le maître de Médor nous demande de ne pas donner de saucisson à Médor, on doit obéir au maître de Médor. Ça ne veut pas forcément dire qu'on est maso.

TOUTOU (sexualité du)

AVANT : quand le chien forniquait, on ne prenait pas un air gêné, on savait que c'était la nature, et on faisait comme si l'homme et le chien étaient deux espèces bien distinctes.

La diplomatie du chien.

Si le chien est poli,
l'homme est courtois.

Si le chien est impoli,
l'homme reste courtois.

Puisqu'il n'y avait aucune interaction morale entre le monde du chien et le monde de l'homme, le chien pouvait bien faire ce qu'il voulait.

MAINTENANT : quand le chien fornique, on ne se moque pas de lui. C'est vache.

TRAC (avoir le)

AVANT : on ne se présentait sur une estrade devant cinq cents personnes en annonçant dans le micro qu'on avait le trac. On avait l'élégance et la pudeur de garder cette information pour soi. À la place, on prévenait qu'on était extrêmement ému que tous ces gens se soient déplacés pour nous. C'était ça, être généreux.

MAINTENANT : on n'imagine pas que, sous prétexte que la psychanalyse est passée par là, on peut se présenter sur une estrade devant cinq cents personnes en exhibant le laisser-aller de notre bordel intérieur. Il y a quelque chose d'obscène, alors qu'on est connu ou mis en lumière ce jour-là, à, en plus, s'en plaindre. On est un exemple, ce soir-là.

si votre chien a une liaison, soyez discrète à sa place.

Devant une foule, on ne fait pas de son trac
un événement majeur.

U

ULTIMATUM (poser un)

AVANT : on laissait toujours à l'autre une porte de sortie.

MAINTENANT : on ne place pas l'autre dans une double contrainte. Exemple de double contrainte, la mère qui dit à l'enfant : « Qu'est-ce que tu préfères, que je meure ou que ton père soit heureux ? »

ULTRA (qualifier d')

AVANT : de temps en temps, on pouvait glisser dans sa conversation un superlatif à la mode, pour montrer qu'on voulait être dans le vent, qu'on n'était pas fermé à la jeunesse. Exemple : « Jacqueline, elle est bat' ta mise en pli ! »

MAINTENANT : même si un superlatif est à la mode, on se débrouille pour ne pas l'employer tout le temps.

ULTRAMICROSCOPIQUE (parler d'un pénis)

Avant : votre mari avait un petit pénis, vous ne vous en vantiez pas.

Maintenant : votre petit ami a un grand pénis, vous n'en faites pas un événement permanent.

Si le pénis de Bob ne se voit pas sans loupe, on n'en parle à personne.

ULTRAVIOLETS (usage des)

Avant : ça n'était pas chic d'être grillé de soleil, sauf si on était très riche.

Maintenant : on n'est pas un petit groupe au bout de la plage, là, à se moquer d'un touriste à la peau claire qui est en train de prendre un gigantesque coup de soleil. On ne demande pas tout le temps aux autres de nous mettre de la crème. On n'emprunte pas la crème de quelqu'un, sauf si c'est pour en mettre juste sur le bout de son nez. On ne parle pas à quelqu'un en lui cachant le soleil. On ne fait pas remarquer à quelqu'un qui ne se met pas au soleil qu'il n'a pas très bonne mine. On ne dit pas à quelqu'un qui profite d'une bonne sieste sur la plage qu'il va attraper un cancer.

ULULER (entendre)

Avant : si on entendait un ululement et que quelqu'un disait « Tiens, c'est une chouette », alors que c'était de toute évidence un coucou, on ne voulait pas à tout prix avoir raison. On ne reprenait pas sans cesse les erreurs des autres. Surtout quand elles ne mettaient la vie de personne en danger.

Maintenant : si, dans la chambre à côté, on entend ululer un couple d'amis, on ne leur en parle pas le lendemain matin.

Dans ce hamac, un couple ulule, ce n'est pas votre problème.

UNANIME (comment agir devant une attitude)

AVANT : si tout le monde voulait du vin rouge, on faisait semblant d'en vouloir aussi, même si on préférait le vin blanc.

MAINTENANT : si tout le monde veut regarder une émission affligeante pour l'esprit, eh bien nous, on a le droit de ne pas la regarder, et le devoir de ne pas être agressifs avec ceux qui la regardent.

UNIR (voir des gens s')

AVANT : on était sur son trente et un quand on allait à un mariage.

MAINTENANT : lors d'un mariage civil, pouffer de rire pendant le discours du maire est un impair de catégorie 9. On a conscience que se joue là quelque chose d'important.

UNISEXE (ambiguïté sexuelle et aspect)

AVANT : quand on ne parvenait pas à deviner le sexe d'une personne, on essayait que ça ne se voie pas.

MAINTENANT : ce n'est pas parce que la société a évolué qu'on doit questionner sur-le-champ une personne à grosse ambiguïté sexuelle sur son état civil et son numéro de sécurité sociale. Ce n'est pas parce que certaines personnes en parlent volontiers à la télévision qu'on doit, nous, s'autoriser des questions directes.

UNIVERSITAIRES (diplômes)

AVANT : on pouvait mentionner son diplôme sur sa carte de visite.

MAINTENANT : plus on a fait d'études, moins on le mentionne.

Les mystères de l'Ouest.

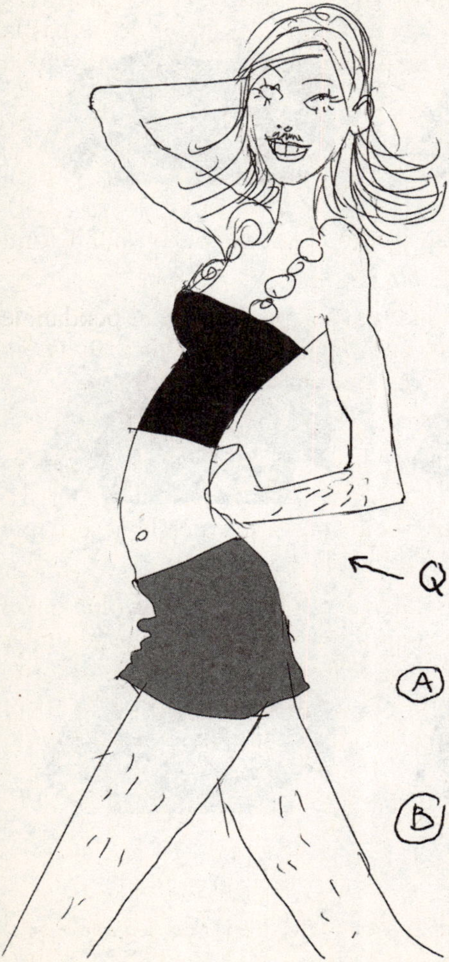

Qui est-ce ?

Ⓐ C'est Bob à l'ouest.

Ⓑ C'est Nathalie pas épilée.

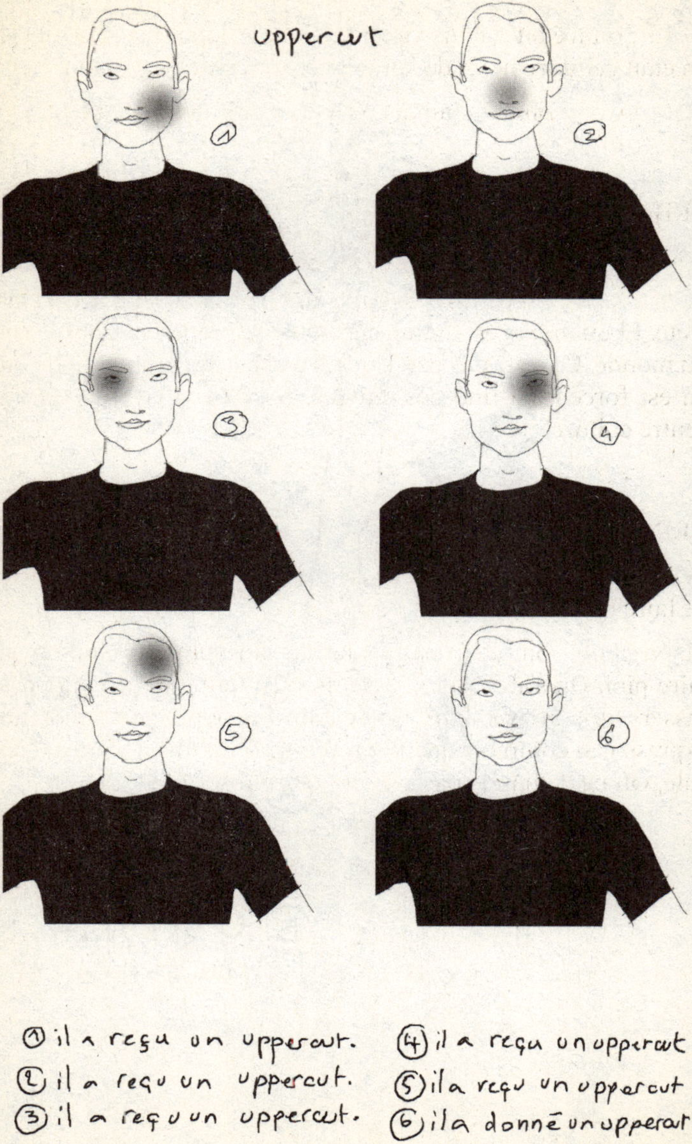
uppercut
1
2
3
4
5
6
① il a reçu un uppercut.
② il a reçu un uppercut.
③ il a reçu un uppercut.
④ il a reçu un uppercut
⑤ il a reçu un uppercut
⑥ il a donné un uppercut

UPPERCUT (donner un)

Avant : on n'était jamais violent. On ne frappait pas autrui. Si on était ceinture noire de karaté, on prévenait l'importun.

Maintenant : on n'est jamais violent, même avec un videur.

URBANISME (comment parler d')

Avant : on écoutait parler les professionnels.

Maintenant : on ne fait pas un cours d'urbanisme à un architecte. Et quand on est architecte, on ne se prend pas pour le roi du monde. Ce n'est pas parce qu'on a construit un musée qu'on en est forcément une des œuvres. Surtout si ce n'est qu'un centre culturel.

URINER (avoir envie d')

Avant : personne ne devait se rendre compte qu'on avait envie de faire pipi.

Maintenant : on ne dit pas : « Je vais faire pipi » quand on va faire pipi. On s'absente un instant, c'est tout. On ne court pas pisser sitôt arrivé dans un restaurant. On commande un expresso au comptoir quand on veut profiter des toilettes d'un café. On ne demande pas à sa psy où sont ses toilettes.

V v v

VAISSELLE (faire la)

AVANT : en week-end, si un invité nous aidait, c'était à essuyer, jamais à laver.

MAINTENANT : on ne range pas la vaisselle sale dans le lave-vaisselle pendant que les invités papotent devant une tisane au salon.

VERBALISATION (contester une)

AVANT : on envoyait une lettre type, courte, pour exposer le litige.

MAINTENANT : on n'injurie pas l'État, le Système et la Police, on ne se prend pas pour Cyrano. On ne fait aucune allusion au fait qu'on paie des impôts et qu'on est un bon citoyen. On ne suggère pas à la police de s'occuper des vrais délinquants. Les circonstances et les faits, exposés sommairement, doivent parler d'eux-mêmes. Sinon, c'est mauvais signe.

Verbalisation : savoir dire non.

Bob
30 rue de Verneuil
75007 PARIS

Paris le 8 mars 2003

Police

Objet : contestation

Monsieur,

J'habite au 30 donc je me gare au 30, si ça en dérange, qu'ils viennent me le dire en face. Mais pas en face du 30 parce que ça c'est ma PLACE.

Et ta prune je me la carre.

Bob

VERNISSAGE (attitude à un)

AVANT : on faisait grand compliment à l'artiste pour son travail, quoi qu'on en pensât. On achetait le catalogue.

MAINTENANT : on regarde les œuvres, on ne vient pas seulement pour montrer au peintre qu'on est là ou pour rencontrer des gens, ou pour boire un coup gratuit. On ne demande pas à l'artiste s'il n'y a pas moyen d'acheter ses toiles hors galerie. C'est à lui de nous proposer de passer à son atelier, s'il en a envie. On ne marchande pas une toile devant l'artiste lui-même, et encore moins auprès de l'artiste lui-même. On ne discute pas le prix du tableau d'un ami. On ne dit pas qu'on va acheter une toile si c'est pour ne pas donner suite.

VERRE (remplir un)

AVANT : on ne remplissait aucun verre à ras bord. Sauf si on était serveur de café et que la personne avait passé commande d'un ballon de rouge.

MAINTENANT : on ne remplit aucun verre à ras bord, même si c'est pour pouvoir dire à la personne qu'elle va se marier dans l'année. La règle est simple : plus le verre est grand, moins on met d'alcool dedans.

VERRE (vider son)

AVANT : on buvait à petites gorgées.

MAINTENANT : si quelqu'un voit que votre verre et vide et le remplit aussitôt, vous n'êtes pas obligé d'aussitôt le vider d'un trait, cul sec, glotte renversée face au ciel.

VERRES (emplacement des)

AVANT : les plus grands verres (à eau) étaient à gauche, et les plus petits (à vin) à droite.

MAINTENANT : en général, il n'y a que deux verres. Le grand est celui pour boire de l'eau. Le petit est celui pour boire du vin. On ne prend pas celui du voisin d'en face. Si quelqu'un prend notre verre, on ne le lui fait pas remarquer. Même si sa salive nous dégoûte profondément et que, déjà, rien que sa tête ne nous revient pas.

VERRES (reconnaître les)

AVANT : il fallait tous les reconnaître, sinon on se sentait empoté et ridicule. Donc, on reconnaissait : le verre à vin de Bordeaux (a), le verre à vin d'Alsace (b), le verre à vin d'Anjou (c), le verre à vin de Bourgogne (d), le verre à liqueur (e), le verre à alcool blanc (f), le verre à vodka (g), le verre à cognac (h et i), le verre droit à whisky (j), le verre à vin apéritif (k), le verre à jus de fruit (l), la coupe de champagne (m, n, o et p), le verre à porto (q), et le verre à jus de tomate (r).

MAINTENANT : s'il y a beaucoup de verres, c'est qu'on est à un dîner très protocolaire, donc on ne s'occupe de rien, on laisse les personnes qui font le service gérer la situation.

VESTIAIRE (pudeur au)

AVANT : dans un vestiaire, on se dévêtait de façon discrète. Nu, on ne comparaissait pas devant les autres. Nu, on ne se comparait pas aux autres.

MAINTENANT : on ne va pas jusqu'aux douches complètement nu si le couloir qui y mène oblige à passer devant des personnes habillées.

notre farandole de verres de France

VESTIBULE (laisser son manteau dans le)

AVANT : quand on arrivait chez des gens, on ne gagnait pas le salon avec notre manteau sur le dos. La maîtresse de maison nous l'avait fait ôter avant et, si elle ne l'avait pas fait, on avait pris soi-même l'initiative.

MAINTENANT : dans une fête, au moment de partir, on ne met pas tous les manteaux qui sont sur le lit en boule pour retrouver le nôtre.

Vestiaire : si on est nue, on court dare-dare s'habiller.

VÊTEMENTS (odeur des)

Avant : on vaporisait un peu de son parfum dans la penderie et les commodes afin que les vêtements en gardent le souvenir subtil. Ça n'arrivait jamais qu'en s'approchant de nous, on perçoive une odeur d'antimite.

Maintenant : si on fume, les vêtements ne sentent pas la cigarette. En gros, un vêtement n'a pas d'odeur, même si ça pourrait être celle de la lessive, qu'on ne doit pourtant pas percevoir.

VIELLIR (bien)

Avant : plus on était vieux, plus on tâchait d'être coquet et propret. On intégrait que notre stature se déglinguait, et on évitait de montrer trop de peau, même à la plage. On se lavait même si on n'en voyait plus l'utilité. On était indulgent avec la jeunesse.

Maintenant : on reste pop. On n'abandonne pas tout rapport à l'air du temps vestimentaire sous prétexte que ça ne vaut plus la peine de se démener. Même si on privilégie les tenues confortables et chaudes, elles ressemblent à quelque chose. Si on a les cheveux teints, on surveille ses racines. On n'exige pas des bises des jeunes enfants, on attend qu'ils aient envie d'en faire. Quand on sort en bande, ce n'est pas pour critiquer la jeunesse.

VIN (boire du)

Avant : à table, le vin était dans une carafe. Quand la maîtresse de maison nous servait, on levait notre verre.

Maintenant : si la maîtresse de maison nous demande comment on trouve le vin, et si justement c'est une piquette, on ne le dit pas. On reste flou et indulgent. En aucun cas on ne demande à aller voir à la cave s'il y a d'autres bouteilles plus sympathiques.

VŒUX (offrir ses)

AVANT : on envoyait ses cartes de vœux avant la fin du mois de janvier. Elles pouvaient revêtir un aspect mièvre. On envoyait ses vœux aux gens avec qui on travaillait, à son banquier si on avait eu affaire à lui, aux gens qu'on n'avait pas vus depuis longtemps, et à la famille éloignée.

MAINTENANT : elles peuvent encore revêtir cet aspect mièvre, à condition qu'il passe pour kitsch. On n'envoie pas un texto groupé à tout son carnet d'adresses pour dire « bonne année », même si un point d'exclamation personnalise le libellé. Et si on en reçoit un, on n'est pas tenu d'y répondre. En revanche, on répond toujours à une carte de vœux, même si on n'en a rien à cirer.

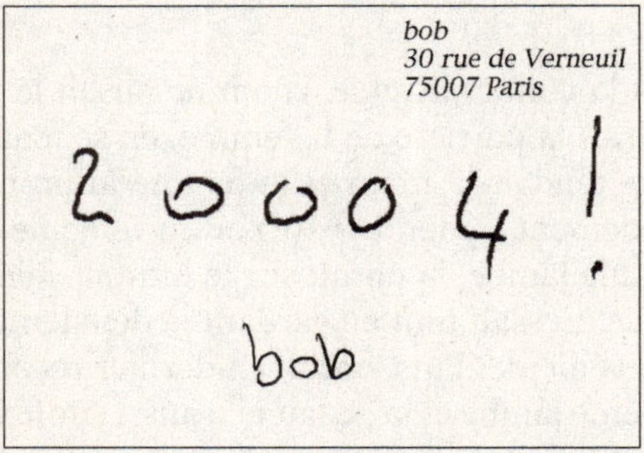

Bons voeux : si on ne sait pas écrire les chiffres sans fautes d'orthographe, on n'envoie pas de carte.

VOISINAGE (relations de bon)

AVANT : on avait des relations de bon voisinage. On respectait les règles de la copropriété. Si on avait quelque chose à dire au voisin, ce n'était jamais sous la forme d'une lettre anonyme. Si le voisin faisait trop de bruit, on allait sonner à sa porte, mais on ne donnait pas de coup de balai dans le mur ou le plafond. Avant de dénoncer le voisin bruyant au syndic, on lui faisait comprendre avec grâce que le bruit nous gênait. Quand on s'apprêtait nous-même à faire du raffut, soit on glissait un petit mot sous la porte de chaque voisin, soit (moins chic) on affichait un petit mot unique sur la porte de l'immeuble.

MAINTENANT : si la voisine est infecte, on n'entre pas pour autant en guerre avec elle. Au contraire, on redouble d'amabilité à son passage, laquelle attitude est une façon subtilissime de lui donner une leçon de savoir-vivre.

VOITURE (descendre d'une)

AVANT : aussitôt la voiture arrêtée, l'homme faisait le tour du véhicule et ouvrait la portière de la femme, en se tenant face à elle. L'homme tendait la main et la femme la prenait, car cela allait grandement l'aider à s'extirper du véhicule. Puis la femme sortait une jambe, la posait sur le bitume, elle sortait son buste, elle se dressait tout en gardant la deuxième jambe à l'intérieur du véhicule. Puis, enfin, en dernier recours, elle sortait la deuxième jambe et la posait elle aussi sur le bitume. L'homme lâchait aussitôt sa main.

MAINTENANT : la femme attend que le véhicule soit totalement arrêté pour en sortir, surtout si c'est elle qui conduit.

VOITURE (place de la femme dans une)

AVANT : la femme était toujours assise à droite, au fond.

MAINTENANT : si la femme conduit, l'homme ne fait pas l'horrifié à chaque tournant.

On prend appui sur la jambe sortie pour sortir l'autre (jambe).

On ne sort pas tous du même côté.

VOL (en)

Avant : on n'enlevait pas ses chaussures. Si on était une femme, on cédait le hublot aux enfants. Si on était un homme, on cédait le hublot aux femmes. Si on était enrhumé, on souffrait en silence au moment de la décompression. Si on avait peur, on n'affolait pas ses voisins par des remarques anxiogènes du type : « Pourquoi on n'entend pas les réacteurs du côté droit ? » Si on s'ennuyait, on ne racontait pas des histoires poilantes de catastrophes aériennes. On ne donnait pas de pourboire à une hôtesse.

Maintenant : on ne donne pas de coups de pieds dans le siège. On ne parle pas fort à son voisin. On n'appelle pas le steward pour un oui pour un non. On ne laisse pas tomber sa tête sur l'épaule du voisin. On partage l'accoudoir, un coup nous, un coup l'autre, sans lui donner de coup. On ne regarde pas ce que l'autre mange. On ne fait pas de commentaires à un inconnu sur l'aspect du plateau-repas ni, plus tard, sur son goût, ni, encore moins, encore plus tard, sur le mal qu'on a à le digérer. Si on prend un quart de vin, on peut proposer à un voisin de partager notre modeste boisson. Si, à l'atterrissage, l'hôtesse prévient que sont prioritaires les passagers ayant une correspondance, on ne se fait pas passer pour un passager ayant une correspondance, surtout si on n'en a pas.

W

WAGON (prendre la place d'un autre dans le)

AVANT : quand on entrait dans le wagon, muni (bien entendu) de son billet, et que notre place était déjà occupée par quelqu'un, on saluait la personne, on demandait à la personne dans quel wagon on était, et si le train allait bien à Laval, puis on vérifiait son numéro de place sur le titre de transport. Si le résultat de ces investigations était que notre place était bien celle occupée là présentement, on souriait, on exposait son cas, et la personne dégageait, contrite. Si le wagon était vide, parce que personne, de toute manière, n'avait envie d'aller à Laval, on proposait de prendre une autre place. Il était entendu que, si le wagon devenait subitement bondé, on se re-matérialiserait séance tenante.

MAINTENANT : on regarde la personne qu'on va faire dégager. Elle existe. L'autre existe. Cette personne n'est pas hors-la-loi sous prétexte qu'elle a pris notre place. Elle est peut-être incorrecte, et certes à nous on ne la fait pas : cette place est l'une des meilleures, près de la fenêtre et loin du rideau, mais nous, on reste sur un plan de courtoisie. Si la personne bougonne en s'extirpant de son siège, c'est son problème.

WAGON (bruits interdits dans un)

Avant : on ne parlait pas fort dans un wagon, sauf si c'était pour s'adresser à quelqu'un qu'on ne connaissait pas, de manière à ce qu'il entende.

Maintenant : normalement, si on est parfait, on éteint son portable, sauf dans un train vide. On ne doit pas imposer aux autres sa conversation. On peut aller dans l'espace entre deux wagons pour téléphoner. Même si cet espace est aussi celui où le train fait le plus de bruit, où c'est le moins confortable, où deux gamins ont mis de la musique, où trois ados fument un pétard, et où ça sent le caca du monsieur qui vient de sortir des toilettes. En revanche, l'envoi de textos est possible depuis son siège, si on a mis son téléphone sur mode vibreur.

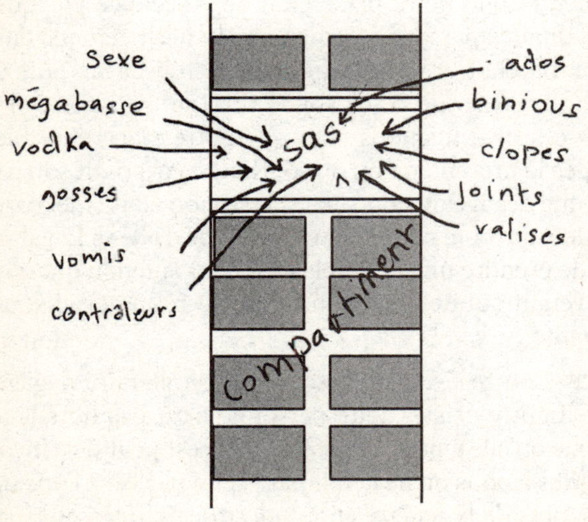

POS du TGV

(Plan d'Occupation des Sols) (train à Grande Vitesse)

WAGON (pique-nique dans un)

AVANT : sandwichs à l'œuf dur, à l'andouille, au pâté, au saucisson à l'ail ou au camembert ne sortaient pas d'un grand sac. De la même manière, rien ne sortait d'un papier d'aluminium. Si on avait des sandwichs, ils étaient sobres. Pas de bouteille de rouge.

MAINTENANT : si on est tout un groupe, on peut avoir organisé un pique-nique dans le wagon, à condition d'avoir réservé le wagon entier, ou d'inviter les isolés qui se trouvent là. Dans ce cas, un très bon vin est le bienvenu, ainsi qu'un très bon jambon espagnol. On range avant de partir.

WAGON-LIT (quelle chemise de nuit mettre dans un)

AVANT : jamais de chemise de nuit. Toujours un vêtement différent de celui qu'on portait en venant, sauf que plus léger.

MAINTENANT : on ne se met pas nu pour dormir. Sauf dans un T2, parce que c'est ça qui est rigolo, dans un T2. À moins d'être avec sa mère.

WAGON-LIT (quoi faire dans un)

AVANT : dans les couchettes, les hommes quittaient la cabine dès que leur femme donnait des signes de préparation pour la nuit. Les hommes prenaient les couchettes les plus hautes. Après 22 heures, on éteignait les lumières. Le lendemain matin, on allait vite se refaire une beauté aux toilettes.

MAINTENANT : dans les couchettes, on dit bonsoir en entrant dans le compartiment, mais pas avant de s'endormir. On peut prendre un air un peu froid, pour que les autres ne se sentent pas obligés de coucher avec nous, même s'ils dorment avec nous pour cette nuit de tous les possibles.

WAGON-RESTAURANT (quoi faire dans un)

AVANT : en raison de l'exiguïté des lieux, on se devait d'accueillir d'autres gens à notre table, s'il y restait des places. Un homme seul devait demander à une femme seule l'autorisation de s'asseoir en face d'elle. Sinon, on pouvait prendre place, en saluant. De même, en se levant de table, on faisait un salut discret aux gens qu'on quittait. Si on les recroisait devant les toilettes, on ne faisait pas comme si on était cul et chemise.

MAINTENANT : on va au bar, on n'hésite pas pendant des heures devant les salades, on ne fait aucune réflexion sur le prix des aliments, personne ici n'y peut rien. Quand on a fini, on est gentil de ne pas rester deux heures à lire *TGV magazine* sur l'un des cinq tabourets disponibles. On met ce qu'on appelait jadis les « reliefs » de son repas dans la poubelle.

WAOUH ! (s'extasier en criant)

Avant : invité chez des gens, on ne faisait pas le tour de leur appartement en s'extasiant sur la déco. On n'était pas étonné que la maîtresse ait bon goût. C'était quand même la base, merde. En revanche, on pouvait observer un tableau, et finir par dire : « Il est beau ce tableau, il est de qui ? »

Maintenant : on ne demande le prix de rien. On ne demande pas où les gens ont acheté leur table basse. On ne crie pas : « Je veux la même ! » devant une belle lampe. En règle générale, on ne demande pas d'où viennent les choses si c'est dans l'intention d'aller se les acheter le lendemain. C'est une indélicatesse terrifiante car ça fait de vous la sangsue qui n'a pas d'idée. Et ça, ça tue.

WATER-CLOSET (demander à aller aux)

Avant : si on était chez des gens, on disait : « Où puis-je me laver les mains ? », ou bien : « Où sont les lavabos ? », et la maîtresse de maison n'indiquait pas la salle de bain, mais les toilettes. Elle avait : compris. Ça n'était pas une : conne.

Maintenant : on peut demander où sont les toilettes. Sinon, si tout le monde est en grande discussion dans les canapés, on se contente de se lever, et on part à la recherche des toilettes, qu'on trouve.

WATER-CLOSET (comment nommer les)

Avant : on disait « les lavabos ». Puis, petit à petit, on a dit « les toilettes ».

Maintenant : on peut dire bien des choses, que nous allons passer en revue, et voir à quelles circonstances elles s'appliquent.

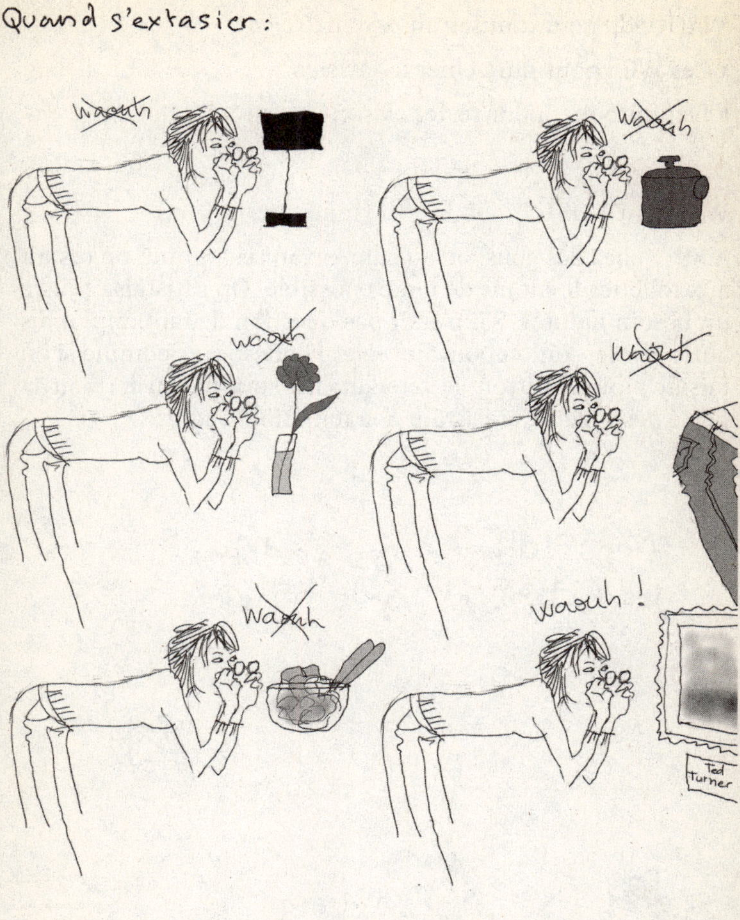

• Les chiottes : terme réservé aux gens avec qui l'ensemble du langage est très relâché.

• Les wawas : pour amuser de vieux zazous à la maison de retraite.

• La cabine pondeuse : pour amuser des enfants.

• Les cabinets : pour des gens qui acceptent de régresser avec nous.

- Le rond : pour amuser un psychiatre gay.
- Les WC : pour faire chier les aristos.
- Le pipiroom : pour rester classe.

WATER-CLOSET (combien de temps rester aux)

AVANT : chez des gens, ou au café, ou au restaurant, on restait aux toilettes le moins de temps possible. On satisfaisait juste un besoin naturel. S'il n'était pas question de faire pipi mais autre chose, soit on pouvait régler la question « comme si on faisait pipi », soit on se retenait. En sortant, on fermait la porte des toilettes, résistant à la tentation d'aérer.

Maintenant : on ne lit pas aux toilettes chez les gens, même si des revues sont prévues à cet effet. En sortant, on ne fait aucun commentaire sur les revues en question, et encore moins sur la déco. S'il n'y a plus de PQ, on n'en fait pas la remarque à la maîtresse de maison. Temps maximal à passer dans des toilettes étrangères : 1 minute et 12 secondes.

WATER-CLOSET (réaction quand on a fait du bruit aux)

Avant : si, malgré la vieille recette de grand-mère qui consistait à tapisser la porcelaine de PQ pour qu'on n'entende pas le plouf honni, un bruit surgissait, on faisait mine de rien.

MAINTENANT : on ne plaisante pas sur le bruit qu'on a fait. Même si un certain ressort comique semble pouvoir émerger de l'incident. En revanche, si la personne qui nous a entendu émet quelques railleries, on rit de bon cœur.

WALKMAN (utiliser un)

AVANT : il n'y en avait pas.

MAINTENANT : on éteint son walkman pour répondre à quelqu'un, on ne fait pas un signe d'impuissance pour montrer qu'on n'entend rien. On ne met pas son walkman trop fort dans les lieux fermés. On ne met pas son walkman sur ses oreilles quand on est assis avec un ami dans un train ou un avion sans prévenir cette personne qu'on va momentanément interrompre le contact avec elle. De temps à autre, pour montrer à la personne qu'on ne l'oublie pas, on peut lui faire écouter une chanson qu'on aime particulièrement.

WEEK-END (avoir un rendez-vous le)

AVANT : on parlait de se voir, comme ça, en l'air, mais tant que le rendez-vous, heure et date, n'était pas fixé, il n'existait pas, il n'était que fantôme dans le planning de la vie.

MAINTENANT : quand on a vaguement convenu avec quelqu'un qu'on se voyait le week-end, si personne ne se signale le jour J, des deux côtés, on a le droit de considérer qu'on n'a pas posé un lapin. Mais si l'autre appelle alors qu'on avait complètement oublié qu'on devait le voir, on honore le rendez-vous même vague qu'on avait avec lui. Pour ce, on se lave, on s'habille, on se transcende dans cette espèce de chic décontracté qui fait notre réputation.

WEEK-END (tenues le)

Avant : on s'endimanchait. C'était une marque de respect envers les autres.

Maintenant : même si on n'a rien à faire, on ne traîne pas pas en pyjama le jour durant. On ne s'endimanche pas. Même si on va chez ses beaux-parents.

WEEK-END (glander le)

Avant : le dimanche était réservé à la famille. Et donc, un peu d'absence au monde était toléré.

Maintenant : le dimanche est réservé à la détente. Et donc, un peu d'oubli des autres est toléré.

S'endimancher, une nécessité.

WHISKY (s'envoyer un petit)

AVANT : on avait toujours une bouteille de whisky chez soi. Sinon pour soi, du moins pour les invités. Si on avait du whisky, alors on avait des glaçons.

MAINTENANT : on ne demande pas aux gens de passer à table en gardant leur verre s'il y avait du whisky dedans. C'est seulement dans le cas où l'apéro est constitué de vin que les verres peuvent être gardés. On ne siffle pas la bouteille de whisky de la personne qui nous reçoit. Si on passe le week-end chez elle, on ne va jamais se servir à son insu. On ne met pas de l'eau dans la bouteille pour faire croire que le niveau n'a pas baissé.

WOOL (tâter de la)

AVANT : on ne tâtait jamais l'étoffe de la robe d'une femme pour en admirer la matière. Même si c'était pour faire un compliment.

MAINTENANT : si Bob pense que son costume est en cashmere et qu'on voit bien qu'il se trompe, on ne dit pas : « Moi, je veux bien... » On laisse Bob s'y croire.

X

X (chaîne)

Avant : il n'y en avait pas.

Maintenant : quand on est à l'hôtel, on n'oublie pas que, une fois le film X regardé, il sera facturé, et que la facture détaillée sera présentée à l'accueil. Donc, le jour du départ, on n'a pas tous ses collègues autour de soi pour régler la note. À son propre domicile, si on est friand de la chaîne XXL, on achète des écouteurs pour ne pas incommoder la maisonnée.

X (diffuser une vidéo)

Avant : il y avait peu de chances que la question se pose. Ce genre d'activité était réservé aux professionnels.

Maintenant : imaginons une situation X. On a filmé en amateur sa fiancée à un moment où elle était d'accord avec nous et même miaulait : « Moteur ! » Ça l'excitait terriblement d'être filmée en train de jouir. C'est une lubrique. Eh bien, pourtant, on ne montre pas l'œuvre à des copains. Et on n'envisage pas non plus de la commercialiser.

X (cinéma)

AVANT : c'était réservé aux gens de drôles de mœurs. Si on avait surpris Guillaume Montalenvert sur les grands boulevards sortant de la projection de *Mords-moi tranquille à* léger souci, elle se trouve filmée en train de se filmer en train de jouir.

Clichy, on gardait là-dessus un silence prudent, même avec Guillaume.

MAINTENANT : c'est entré dans les mœurs. Si, sur une cassette qui traîne, on surprend Guillaume Montalenvert sur la dénommée Mimi en train de jouer dans *Pop Anus II*, on s'informe auprès de Guillaume quant à la diffusabilité de cette information avant de la divulguer à tout va.

Y Yy

YACHT (attitude devant un)

Avant : même dans le port de Saint-Tropez, et même si les occupants du bateau semblaient ravis qu'on les dévisage, on ne se plantait pas devant un yacht habité en faisant des commentaires à voix haute. Si, malgré tout, on regardait un skipper droit dans les yeux, on lui faisait un salut. Ce n'était ni un animal, ni un objet.

Maintenant : on ne monte pas sur un yacht, même si le skipper dit que les proprios sont partis dîner. Un yacht n'est ni une attraction ni un endroit où toute curiosité peut être satisfaite.

YACHT (attitude sur un)

Avant : invité sur un yacht, on respectait l'intimité de chacun. On ne squattait ni le pont arrière, ni le canoë. On ne mettait pas la musique à tout berzingue.

Maintenant : on ne demande pas au propriétaire, un soir de détente, combien « tout ça » peut bien coûter.

Yoga : même si le prof énerve, on

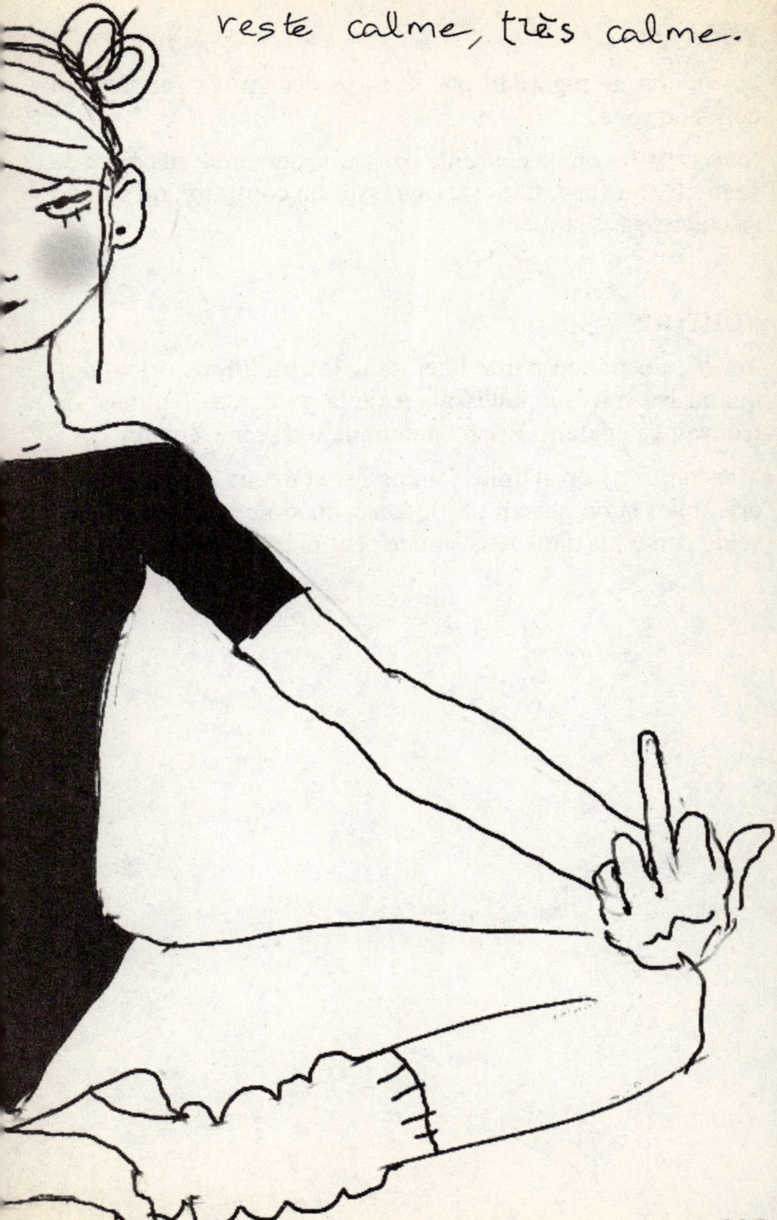
reste calme, très calme.

YOGA (évoquer le)

Avant : on ne regardait pas le corps des autres pendant un cours de yoga.

Maintenant : on ne conseille pas à une personne en colère de se mettre au yoga. C'est très agressif. Au contraire, on entend sa colère, sans la nier.

YOUYOUS (chanter des)

Avant : au milieu d'une fête, dans les traditions orientales, quand les youyous jaillissaient de la gorge des femmes, on trouvait ça épatant. Et on contemplait la scène, ébaubi.

Maintenant : on n'imite jamais les youyous des traditions orientales si on ne sait pas le faire, ou si ne serait-ce qu'une seule personne dans l'assistance peut penser qu'on la singe.

Z

Z (signer d'un)

AVANT : même si on était Zorro, on restait quand même quelqu'un de bien éduqué.

MAINTENANT : même si on est une personne célèbre et qui n'en peut plus de signer des autographes, on fait pour chaque fan l'effort de calligraphier son nom complet : Zorro.

ZÈLE (faire preuve de)

AVANT : on était zélé, mais on n'en faisait jamais trop.

MAINTENANT : on n'attend pas, pour être zélé, d'avoir été engueulé.

ZÉRO (boule à)

AVANT : on avait les cheveux propres, même si on n'en avait plus.

MAINTENANT : on a les cheveux courts, surtout si on n'en a plus.

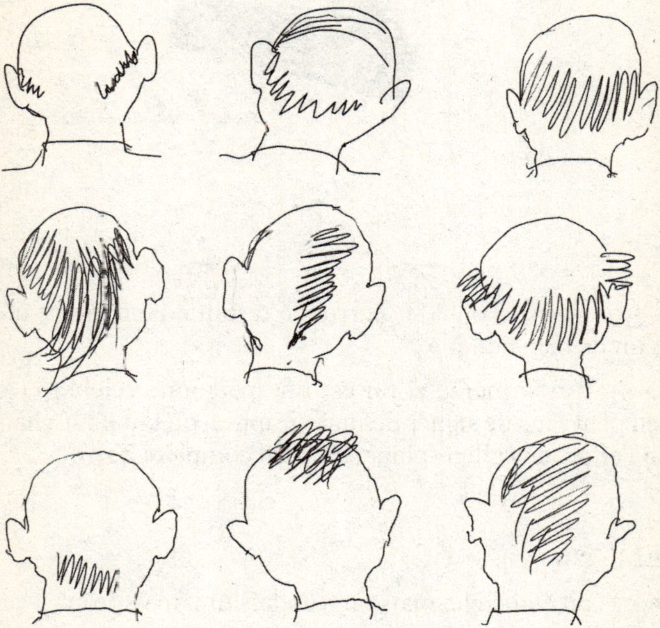

Chauve : mieux vaut parfois couper court.

ZESTE (citron, juste un)

AVANT : quand on servait le poisson, on laissait chacun libre de citronner ou pas sa propre assiette. On ne citronnait jamais un plat devant tout le monde.

MAINTENANT : si on citronne son assiette, on évite de citronner son voisin.

ZIZANIE (semer la)

AVANT : on ne semait pas la zizanie dans un couple.

MAINTENANT : on ne sème pas non plus la zizanie dans un divorce. Même si les deux membres de ce couple déchiqueté semblent avoir besoin de nous pour se passer des messages.

Mauvais : vous êtes au milieu d'un pugilat →

Bon : le pugilat se déroule sans vous.

ZIZI (dire)

AVANT : au pied du mur, on disait plutôt « zizi » que « zob ».

MAINTENANT : on s'adapte à la situation… :

• Sur la table du gynéco, on privilégie les terme scientifiques. Prépuce, vulve, frein, méat, paroi vaginale, muqueuse, grandes lèvres, petites lèvres, utérus, liquide séminal. Par exemple.

• Dans le lit d'un inconnu, on écarte les mots issus de l'univers enfantin : zizi, zézette, quéquette, sucette. Par exemple.

• Avec un amant drôle, on peut être imagé. Dire « le lapin ». Par exemple.

• Quand on s'adresse à un enfant, on prend soin d'employer des mots neutres, tout en appelant un chat un chat, mais surtout pas une chatte une chatte. Par exemple.

ZODIAQUE (signes du)

Avant : quand une personne nous demandait de deviner son signe, on ne lançait jamais en premier : « scorpion ! ». Et quand une personne avouait être Scorpion, on ne faisait aucun commentaire désobligeant.

Maintenant : même si on pense que les pages astrologiques des journaux sont des attrape-nigauds, on ne se moque pas de ceux qui les lisent. On les laisse jouir de cette croyance inoffensive.

ZOOPHILIE (gérer la)

Avant : un total silence régnait sur cette pratique. Quand un chien agrippait notre mollet, à la limite, on ne voyait pas de quoi il retournait. On y voyait juste la candeur d'un petit fauve.

Maintenant : s'il arrive, par inadvertance, qu'on se tartine le dos (par exemple) de Nutella pour que le chien le lape, on garde cette information par devers soi. Elle n'intéresse PERSONNE. Même si d'autres gens en font des romans. Voire des cassettes.

Les limites de la zoophilie :

impossible parce que trop téléphoné.

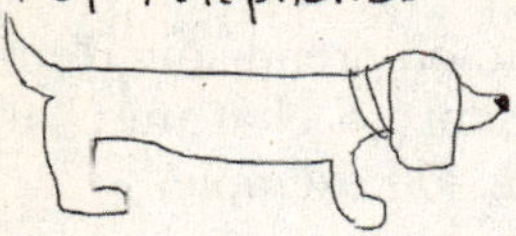

impossible parce que trop agité.

impossible parce que déjà pris.

impossible parce que trop.

impossible parce que trop triste.

impossible parce que trop rapide.

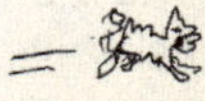

ZUT (dire)

AVANT : on s'écriait « zut ! », plutôt que « merde ! ». Et on se souvenait de l'adage : « Mieux vaut chier dans la soupière que de dire ' mince ! ' »

MAINTENANT : on s'écrie « merde ! », plutôt que « chiottes ! » Et on se souvient de l'adage : « Même si on dit ' mince ', on ne chie pas sous Pierre ». Ce qui veut dire : les paroles peuvent être vulgaires, mais les actes, eux, ont toujours une tenue irréprochable.

ZZZ (s'endormir dans un)

AVANT : on restait en éveil dans les dîners, quand bien même tout le monde dormait.

MAINTENANT : est considérée comme « détendue » l'attitude qui consiste à se lever de table à peine le repas fini, même si l'on n'est pas chez soi, et à aller s'avachir dans un canapé, à la condition, du fond du canapé, de continuer de participer à la conversation du dîner. On peut aller jusqu'à retirer ses chaussures (même si c'est audacieux). En revanche si l'on s'endort, c'est exagéré. Pour s'endormir, il est altruiste d'attendre l'arrivée des tisanes, prouvant ainsi à la maîtresse de maison qu'elles sont de bonne qualité. Quand on est chez soi, seul l'homme de la maison a le droit :

• de s'endormir. Il est alors bienvenu de le trouver touchant d'abandon ;

• de ronfler. Il est alors bienvenu de trouver que c'est bien logique ;

• d'aller se coucher. Il est alors bienvenu de ne pas s'en rendre compte.

Index

COURRIER, LETTRES

DÉCÈS

ENFANTS ET ADOLESCENTS

EMPLOYÉS

FÊTES ET LOISIRS CULTURELS

HOMOSEXUELS

HÔTEL

INVITATIONS

JEUX ET SPORTS

LITIGES

MALADIE, SANTÉ ET ACCIDENTS

MARIAGE

MOYENS DE TRANSPORTS

NOURRITURE

ODEURS

PORTE

SHOPPING

TÉLEPHONE

TITRES ET FONCTIONS

TRAVAIL, BUREAU

VACANCES

VÊTEMENTS ET ACCESSOIRES

VIE DU CORPS

VIE SPIRITUELLE

VOCABULAIRE

WEEK-END

7956

Achevé d'imprimer en France (Manchecourt)
par Maury-Eurolivres
le 10 mars 2006.
Dépôt légal mars 2006. ISBN 2-290-34656-X

Éditions J'ai lu
87, quai Panhard-et-Levassor, 75013 Paris

Diffusion France et étranger : Flammarion